AQUARIUS

AQUARIUS

AQUARIUS

AQUARIUS

每個人心中都有一座島嶼，
藉文字呼息而靜謐，
Island，我們心靈的岸。

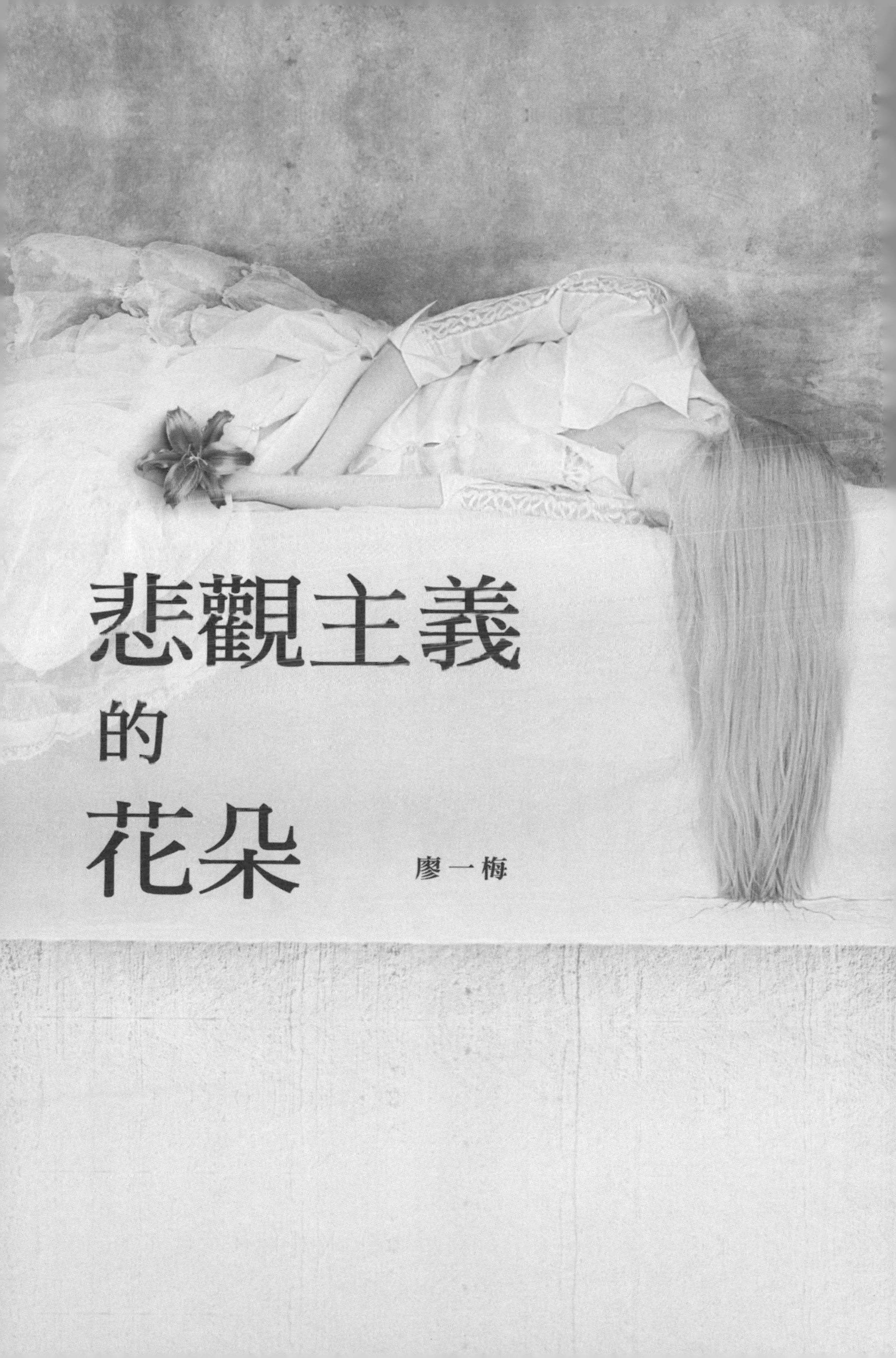

悲觀主義的花朵

廖一梅

男人只會變老不會成熟。

——保羅・艾呂亞《公共的玫瑰》

再也找不到你，你不在我心頭，不在。
不在別人心頭。也不在這岩石裡面。
我再也找不到你。

——里爾克《橄欖園》

台灣版《悲觀主義的花朵》序言

作為一個劇作家，《悲觀主義的花朵》對我的意義非常特別。到目前為止，這是我唯一一部長篇小說。

一本書跟一個人一樣，每個人的命運千差萬別，每本書也一樣。《悲觀主義的花朵》二〇〇三年完稿，由作家出版社出版。贏得好評，但一直安靜無比，賣掉了一萬冊後便再無聲息。二〇〇八年新星出版社再版，忽然如同一本新書被人發現一般，長銷到現在。我只是寫了這本書，其他的就是它的命了。此刻，我也如同一個在岸邊送行的人，送友人上船，駛向遠方，在岸邊揮手的人是我，船上的人也是我，另一個時空中的我。

生命本身常使我感到無能為力。生活就如同一堵堅硬、斑駁的石牆，我們都曾經不顧一切，一而再再而三地撞向這堵牆，牆從來都紋絲不動，始終如一，我們的頭破血流也從未停止。但即使如此，我也希望能從石牆的夾縫裡開出一朵花來。生活讓我們所經歷的內心的傷痛，最終還是會在這個廢墟裡開出一朵花。這就是悲觀主義的花朵。對我來說，這也是人保持尊嚴的最佳方式。

二〇一二年初夏

1

我知道我終將老去，沒有人能阻止這件事的發生，你的愛情也不能。我將從現在起衰老下去，開始是悄無聲息地，然後是大張旗鼓地，直到有一天你看到我會感到驚訝——你愛的人也會變成另一個模樣。

我們都會變成另一個模樣，儘管我們都不相信。

阿趙在固執地胡鬧，狗子在固執地喝酒，徐晨在固執地換女人，愛眉固執地不結婚，老大固執地無所事事，我固執地做你的小女孩，我們固執地在別人回家的時候出門，固執地在別人睡覺的時候工作，固執地東遊西逛假裝天真，但是這些都毫無意義。

你要知道我已經盡了力，為了答應過你的事我盡了全力，你專橫而且苛刻，你求我，你要我答應，你要我青春永駐，你要我成為你的傳奇，為了你的愛情我得年輕，永遠年輕，我得繼續任性，我得倔強到底——你只愛那個女孩，那個在時間的晨光裡跳脫衣舞的少女。

我們從年輕變得成熟的過程，不過是一個對自己欲望、言行的毫無道理與荒唐可笑慢慢習以為常的過程，某一天，當我明白其實我們並不具備獲得幸福的天性，年輕時長期折磨著我的痛苦便消逝了。

「凡是改變不了的事我們只能逆來順受。」我們的需求相互矛盾、瞬息萬變、混亂不堪，沒有哪一位神祇給予的東西能令我們獲得永恆的幸福。

對於人的天性我既不抱有好感，也不抱有信任。

2

夜裡，我又夢見了他——他的頭髮完全花白了，在夢中我驚訝極了，對他已經變老這個事實驚訝極了。我伸出手去撫摸他的頭髮，心中充滿了憐憫……

實際上他永遠老不到那個程度了。

九個月前，我在三聯書店看到陳天的文集，翻開首頁，竟然有他的照片。陳天從不在書上放自己的照片，但是現在不需要徵得他的同意了。我看著照片上的那張臉，鼻子，眼睛，嘴唇，下巴，這個人似曾相識，彷彿跟我有著某種聯繫，那感覺就像我十八歲見到他時一樣，但是具體是哪一種聯繫卻說不清。

我買了那四本書，用書卡打了九折。

那天晚上，我一直在讀那些書，黎明破曉之前，他出現了。

我在熟睡，我看見自己在熟睡，他緊貼著我，平行著從我的身體上方飛過，他的臉和我的鼻尖近在咫尺，他如此飄過，輕輕地說：「我是陳天。」好像我不知道是他似的。的確，那張飛翔的臉看起來不是陳天，彷彿一個初學者畫的肖像，完全走了樣子，特徵也不對，但是我知道是他，除了他別無他人。

陳天曾經多年占據著我的夢境，在那裡徘徊不去。

此刻，在北京的午後，在慵懶的，剛剛從夜晚中蘇醒的午後，在所有夜遊神神聖的清晨，在沒有鳥鳴，沒有自行車的叮噹聲，沒有油條氣味的清晨，我想起他，想起吸血鬼，想起他們的愛情。

我試圖談起他。

3

首先應該談起的不是陳天，而是徐晨。

徐晨竹竿似的頂著個大腦袋，不，那是以前的記憶，他的腦袋不再顯得大了，像大多數三十歲的男人一樣，他發胖了，不太過分，但還是胖了，這讓他顯得不像少年時那麼青澀凜冽。這是我的看法，我知道他會不以為然，他愛他不著調的、結結巴巴的、消瘦的青春時光——比什麼都愛。

「我是一個溫柔提供者。」徐晨一邊說一邊點頭，彷彿很同意他自己的觀點似的，然後又補充說：「我是一個作家。」

「對，沒錯，美男作家。」

「偶像作家。」他糾正我。

「人稱南衛慧，北徐晨……」我拿起桌上的一張《書評周刊》念給他聽，他的照片夾在一大堆年輕美女作家中顯得很是突兀。

「胡說八道！」他把報紙搶了扔到一邊，「完全是胡說八道！」

「你不是要成為暢銷書作家嗎？急什麼？」我奇道。

「我指的暢銷書作家是海明威、米蘭・昆德拉！再說說，普魯斯特都算！」

「原來是這個意思。」

我和徐晨可以共同編寫一本《誤解詞典》，因為幾乎所有的問題，我們都需要重新界定和解釋之後才能交談。我們經常同時使用同一個詞，卻完全是不同的意思。我們就在這種深刻的誤解中熱烈地相戀了兩年，還曾經賭咒發誓永不分離。

像大多數戀人一樣，我們沒有說到做到。

但是在講述這一切的一切之前，我應該首先指出我對故事的情節不感興趣；其次不標榜故事的真實，像前兩年那些領導潮流風頭正健的年輕作家們常幹的那樣。這兩點都基於我不可改變的身分——一個職業編劇。

我是以編造故事來賺錢的那種人，對這一套駕輕就熟。想想，一個故事怎麼能保證在二十集，九百分鐘的時間裡恰當地發生、發展，直至結束，有的故事要講很久，有的雖好卻很短小，而我必須要讓這些形態各異的故事具有統一性，而且在每個四十五分鐘之內都有所發展，出那麼幾件小事，隨著一個矛盾的解決又出現另一個矛盾，到一集結束時剛好留下一個懸念。如果這套戲準備要在台灣的黃金檔播出，長度就要加長到三十集，因為他們的黃金檔不接受二十集的電視劇，而不在這個檔播出就不能掙到錢。所以我曾經接過一個活兒，把一個電視連續劇從二十集變成三十集。加一、兩個人物是少不了的，男女主人公嘛，只能讓他們更多一點磨難，橫生一些枝節，多誤解一段時間。

我說這些無聊的事兒是為了讓讀者明白，我討厭絲絲入扣地講一個曲折動人的故事，那是一種手藝活兒，稍有想像力的人通過訓練都能做到。當然這之間「好」與「不好」的差別就像「會」與「不會」那麼大，但手藝畢竟是手藝。

比如說吧，幾個月前我和朋友一起看一片叫做《十七歲的單車》的電影DVD，這是個不錯的電影，電影節的評委們也看出了這一點，給了它個什麼獎。問題是我們饒有興趣地看到一半，碟片壞了，我們氣急敗壞地對著那片盜版光碟加施了各種酷刑，它依然不肯就範，吱吱嘎嘎地響著就是不肯向前。最終眾人只得放棄，個個喪氣不已。為了安慰他們的好奇心，我以一個編劇的責任感為他們編造了後面的情節。幾個星期後，當時聽故事的人給我打電話，說電影的後半部分和你講的所差無幾，你肯定早就知道。我當然不知道，我不是說電影的故事是個俗套，而是說編劇的思路是可循的，如果你還湊巧認識這個編劇，對他的偏好略知一二，那就更好解釋了。

我現在想做的是忘掉手藝，忘掉可循的思路，尋找意義。但是說實話，這種手藝已經融入了我的生活，在不知不覺中甚至左右我的生活。

比如有人對我說：「我喜歡你。」

我回答他說：「我還真不好意思說你說了一句蠢話。」

我向你保證我不是真心想說這句話，他一說出上句話，我腦子裡馬上有了五、六種可以表達各種情緒的對應台詞。就著當時的氛圍我選擇了這句，因為這麼酸的一句台詞後面應該解構一下。這些念頭都是一剎那產生的，等我看到那人臉上一臉尷尬，才知道自己選錯了台詞——不符合我的人物性格。

生活的真實性都值得懷疑，其他的就更別說了。

就我本人而言，我不相信任何作品的真實性，一經描述真實就不再存在，努力再現了一種真實，卻可能忽略了另一面的真實，我們永遠只能從自己的角度談論世界，有的人站得高看到的角度多於其他人，但說到底，僅僅是這個差別。我討厭虛構，真實又不存在，但是我們依然寫作。在這真與假之間我希望能夠明晰事物和事物間的關係，尋找思維的路徑，發現某種接近真相的東西。寫作對我便是這樣一個過程。

4

兩人初次幽會的時候，卡莉娜從手指上取下戒指扔進河裡。「幸福到來的時刻，」她對佩特庫坦說，「得給它加上一丁點兒輕微的苦澀，這樣就能記得更牢。因為人對不愉快的時刻比對愉快的時刻記得更長久……」

塞爾維亞人帕維奇在他那本關於神祕部族哈札爾的書裡講到這個故事。

跟卡莉娜的觀點一樣，我傾向認為我們最愛的人是給我們痛苦最多的人。這是一種難得的天生稟賦，一種張弛有度的高技巧能力，因為太多的甜蜜讓人厭倦，太多的痛苦又引不起興趣，能使我們保持在這個欲罷不能的痛點上的人，我們會愛他最久。

愛眉說這是土星對我的壞影響——認為愛情是件哀傷的事是摩羯座的怪癖。我生在冬天，太陽落在由土星統治的摩羯座。土星是陰性的，否定的星體，以不可動搖的絕對意志控制著它的王國。「像北方的冬天一樣冷酷無情。」我們分手的時候，徐晨這樣形容我。

冷酷無情是摩羯座的惡劣名聲。

徐晨是我大學時的戀人，我們的故事就情節上來講沒什麼好說，它和其他的青春故事同出一轍，當然所有的此種故事都同出一轍——相愛和甜蜜、傷害和痛苦，還有分手。我們有過最純潔甜蜜的時光，而後的互相傷害也達到了登峰造極的地步，從而都給對方留下了深刻印象。我敢說，我們在相互傷害中達到的理解，比我們相親相愛時要多得多。

後來憑著摩羯座一絲不苟、拒絕託詞的態度，我試圖回憶起我們之間的本質衝突。我得說，的確是本質的衝突，而不是雞毛蒜皮的小事。

舉例子說吧。

在我們相親相愛的日子裡有一個週末，我們約定在天壇門口見面，約會是四天前定的，那時候電話和呼機還不普及。

到了那一天，俗話說的，天有不測風雲。外面狂風大作，暴雨突降，我躺在床上發著高燒，於是讓同學打電話到他宿舍的門房，留言說約會取消。但是，他還是去了。他在暴雨中等待，希望我如約前往，朦朧的雨霧中，他看見我裹著雨衣坐在大門前的石頭台階上瑟瑟發抖，雨水順著頭髮流了滿臉，臉色蒼白如紙。

他跑過來把我抱在懷裡，我向他微笑，滾燙的身體在他的手指下顫抖，然後就昏了過去……

——故事的後半部分沒有發生，因為當時我正躺在宿舍的被窩裡。這個景象是徐晨在給我的信中描述的，他告訴我這才是他夢想的戀人。我知道如果我能在這個故事裡死掉就更完美了，他會愛我一生一世，為我寫下無數感人肺腑的詩篇。我居然在能夠成就這種美麗的時候躺在被窩裡，讓他大為失望。

徐晨是個不可救藥的夢想家。他絕不是分不清臆造的生活和現實之間的分歧，而是毫不猶豫地堅持現實是虛幻的，而且必須向他的頭腦中的生活妥協。

你愛一個人或者討厭一個人，可能是因為同樣的事。

就像我。

說起來，年輕真是無助，我和徐晨在完全沒有經驗，也沒有能力的時候接觸到了我們所不能掌握、無法理解的東西，唯一能夠幫助我們的只有本能。我的本能是離開他。

「我深深愛著的人，你得堅強，你得承受我能想像出的最大的苦難，你將會跟我一同死去。」十九歲的瘋狂的徐晨。

分手是他提出的，讓他驚訝的是我同意了。於是他要求和好，我拒絕，再要求，再拒絕。在這一點上，我同意他的看法，我是個冷酷無情的人。他在以後的一年時間裡，嘗試了各種方法讓我回頭，他在我面前沈默地坐著，手裡點著一支菸。他說：「以前一直不懂人怎麼會依賴於一支菸，現在明白了——在一個人感到孤單、痛苦的時候，手指上那一點點火光，很暖。」

他就讓那火光一直亮著，一直到現在他依然是個菸鬼。

那時他痛苦傷感的樣子完全難以讓我動心，我從中嗅出了某種故作姿態、矯揉造作的氣息，不快地察覺到他對自己那副痛苦的樣子十分著迷。我曾試圖使他注意到這個，笨拙地向他說起先天詩意和後天詩意的差別，我說後天詩意就是人類所謂那些「今天的月亮真美」之類世俗準則化的詩意。人人都可以後天學習，努力標榜。我的這種說法使他非常憤怒，結結巴巴地對我說：「詩意，詩意都是人為的！你洗一件衣服的時候，那只是一件衣服，但是你想一想，這是你愛的人穿過的，上面有他的汗，有他的味道，那就完全不同了。這就是詩。」

他說的有一定道理，但我一生都將厭惡矯揉造作，因為我和它總是來來回回地互相追逐，在錯綜複雜的人生迷宮裡迎面撞個滿懷。正如莎岡引用艾呂亞的詩句作為她小說的名字《日安憂鬱》，我們每次碰面時都是這樣問候的。

很多年後，徐晨向我承認，他第一次意識到自己天性裡這些矯揉造作的東西時無地自容。——小菲力普的母親死了，他在號啕大哭的同時對自己引發起的傷感場面感到非常帶勁。

「我臉『騰』地紅了，把手裡的書扔出去老遠。毛姆這個尖刻的英國佬，活該死的時候身邊沒一個朋友！不過我一直熱愛他，他的書是我最經常從書架上拿下來讀的。」

關於徐晨其他令人髮指的討厭個性我還可以說出很多，但這掩蓋不了另一個確鑿的事實——他是最甜蜜溫柔的愛人。他有你想也想不出的溫柔，你花再大的力氣也模仿不來的溫柔，他的溫柔足以淹沒你的頭頂，窒息你對人類的興趣，截斷你和世界的聯繫，泯滅你的個性，讓你願意做他的氣泡、他淘氣的小貓、他紅翅膀的小鳥，你為自己不能這樣做而痛恨自己。

現在想起來，我單獨和他在一起的時候總是想閉起眼睛，總是非常地想睡覺，我是說真的睡覺，迷迷糊糊，神志不清，眼皮像根線牽著一樣地要合在一起，如同被催眠一般。那真是個奇異的景象，他總是在說，而我總是在睡，太陽總是很快就躲到雲彩後面，而時間總是箭一般逝去。

這也很好解釋，人只有睡著了，才好做夢。而徐晨，睡著，醒著，都在做夢。

我們最初的青春就在這睡意朦朧中過去了。

最終，我和徐晨帶著這最初的創傷和初步達成的諒解各奔東西，走上自己的人生路開始各自的冒險。我們時不時要互相張望一下，看看對方爬到了山的什麼位置，講一講各自旅途上的風景，給遭到不幸的一方一點鼓勵。我們不常見面，但電話一直沒有間斷過，有時候一個月打一次，有時候一年，這要看我們當時的情形。為什麼一定要這樣，我也不清楚，也許是因為我們有一個共同的起點，也許是因為我們給對方留下了太多的疑問。鬧不好，正是這些疑問把我們連在了一起，我們都很好奇，我們都想知道答案啊！

我們聊天，爭吵，鬥嘴，討論許多話題，指責對方的人生，這樣已經過了很多年。

5

說說我為什麼喜歡吸血鬼，你會明白我要的是什麼樣的愛情。

外西凡尼亞的德古拉伯爵是個吸血殭屍，以吸食活人的鮮血獲得永生，擁有主宰風暴和驅使世間動物的力量。他有不見陽光的白皙膚色，一雙看穿時間的碧藍眼睛，他的血是不息的欲望的代表，永生對他來說是永遠的痛苦，他的痛苦不會隨著時間的流逝而有絲毫減輕，也不會有死亡來把它終止，失去愛人那一刻的傷心會永生永世伴隨著他，永無盡頭……

吸血鬼的愛情有著愛情中一切吸引我的東西，致死的激情，永恆的欲望，征服與被征服，施虐和受虐，與快感相生相伴的憂傷，在痛楚和迷狂中獲得的永生……

我不知道誰能帶給我這樣的愛情。

6

二十歲的時候我驚訝地發現，從小熱愛的那些詩人作家個個放蕩不羈、道德敗壞，被人指責為寡廉鮮恥。第一個是拜倫，然後是王爾德。上中學時的藍皮日記本上我工工整整抄著拜倫和王爾德的詩句——「我對你的愛就是對人類的恨，因為愛上了人類，就不能專心愛你了。」「人生因為有美，所以最後一定是悲劇。」——《拜倫傳》是我十五歲那年，從動物園那家後來改成粵菜館的書店裡偷的兩本書中的一本。

僅僅用沒有錢來解釋我偷書的行為是不充分的，作為一個中學時代的北京市三好學生，海淀區中學生智力競賽三等獎獲得者和紅五月歌詠比賽的報幕員，我以此表明我內心的立場，我站在拜倫和王爾德們一邊，對一切道德準則表示蔑視。

我蔑視而又能夠遵守那些準則說明了什麼，虛偽？掩飾？克制？膽怯？所有那些可以指認我是個好少年的證明，都是勉勉強強獲得的。市級三好學生——我已經被告知不符合要求，但因再無其他人選學校不願平白去掉一個名額而給了我。智力競賽——整個過程中我只回答了兩個問題，而其他學校的學生因為回答得又多又錯，所以我得了獎。歌詠比賽，鬼知道為什麼選中我，我想是因為我總愛讀些超過我理解範圍的詩，不過結果證明我是不稱職的，因為我在報幕時忘了讓下一個隊做準備而在禮堂裡引起一片混亂。

總之，我是一個不能確定的，勉強可以被稱為好學生的人。這勉強已經預示了我將開始的模稜兩可，左右為難的人生，準備遵守世俗的準則，而在內心偷偷地愛著拜倫和王爾德，渴望與眾不同的生活。

「犯罪不是庸俗，但所有的庸俗都是犯罪。」

「只有特別之物才能留存下來。」特別，就不論善惡。我尋求特別之物。

「我不僅要做一個惡棍，而且要成為一個怪物，你們會寬恕我所做的一切。換句話說，我要把你們的衡量標準變成荒唐可笑的東西。」

這是我知道的、最令我顫抖的豪言壯語，在一百年以前，被最優雅的人用優雅的態度說出，比長髮憤怒青年的重金屬喊叫更對我的胃口。

徐晨說：「可以理解，道德敗壞的人沒有禁忌，更加有趣。」「有趣」——我努力想追求正確的生活，實際上卻一心嚮往有趣的生活。但我既缺乏力量，又不夠決斷，追逐這種並不適合於我的生活的必然結果是痛苦多於歡樂。但那時我堅持相信那個「白癡」公爵梅希金的說法：「她的眼睛裡有著那麼深的痛苦，是多麼美麗啊！

我不能一一列舉我做過的蠢事，花了很多年我才意識到，實際上對我來說一句不得體的蠢話比背叛、殘暴、欺騙這樣的所謂罪惡，更加難以接受。罪惡裡還時常蘊藏著某種激情和勇氣，激情便與美感有關，而平庸與乏味則毫無美感。對我來說這是直覺的反應，達不到年輕歌德的高度——為善和美哪樣更大這種問題深受折磨。確立某種生活準則，並有勇氣去堅持這些準則是必要的。可惜大家通常既無勇氣堅持善，也無勇氣堅持惡，甚至沒有勇氣堅持隨波逐流。更加不幸的是，我對他人有一種與生俱來的領悟力，有了這分本可不必的理解，做起事來便難免拖泥帶水，對一切都失去了明確的尺度。這對我的生活是個致命的錯誤。

錯誤當然不都是醜陋的，有些東西因為錯誤而格外耀眼。

7

第一次見到陳天，我差三個月滿十八歲，長得細胳膊細腿兒，還是個幼女。後來他多次向我講述過那天早晨——我剛從睡夢中醒來，迷迷糊糊地暴露在他的目光下，稚嫩幼小，單薄的睡衣被晨光變成透明……

一個幼女的脫衣秀。

據說我在窗前優美地伸著懶腰，毫無羞澀地向他展示沒發育好的平板身材和孩子一樣的乳房，很多年以後，他一直記得晨光裡的那個小女孩兒，甚至把她寫進了書裡。

八年以後，我和他第一次上床的時候，他對我的印象還是那個稚嫩幼小、沒有發育好的小女孩兒。他小心地抱著我，輕輕地撫摸我，手指一碰到衣服的邊緣便馬上躲開了。他謹慎到讓我喪氣的地步，本已鼓脹起的欲望一點一點地退去。他在晚上十點把我帶回家，難道是為了和我喝杯茶嗎?!更糟的是，他開了句不合時宜的玩笑：「你還是個幼女呢。」

我是一個幼女？他以為時間僅僅是他頭上的白髮，他臉上的皺紋嗎？

很多年以前，他抽沒有過濾嘴的天壇菸，我知道大家關心他的私生活，他喜歡女人的名聲和作為作家的名聲一樣為人所知。

我在他面前很少說話，我知道我們宿舍那個借住的英國文學研究生是他的新情人。我看著他們愛情的進展，聽那大女孩輕描淡寫地說起他，她盡力地想向我們這幾個一年級的新生證明他們之間只是朋友，這讓我覺得很可笑，有誰會在意他們上沒上過床呢？反正我不在意。他來的時候，也常常和我聊聊天，他總是「小孩兒」來「小孩兒」去地叫我。

一個月以後，那個女研究生搬出了新生宿舍，那年夏天她已經畢業了。第一個學期結束前我還去看過她，她借了陳天的小說給我，也給我看她寫的詩。但我再沒見過陳天，她偶爾提起他，但總是以「你不懂」作為結束。

「陳天有老婆，孩子都六、七歲了。」魏紅肯定地說。

女研究生搬走以後，宿舍裡住了五個新生，魏紅是其中最老練的，她上高中時就發表過小說，對文壇的事十分瞭解。

我知道我們有種傾向，總是想神話我們的情感，給我們的人生帶上宿命的光環。我肯定不能說那時候我就知道有一天我會和陳天上床，甚至愛上他，但是有時候，你看到一個人，便知道總有一天你會和他發生某種聯繫。這就是我和陳天之間的感覺。

8

我寫下這些文字，知道我的少女期永遠地結束了。它早就應該結束，我已經當了太長時間的少女，二十七歲時還被陳天稱為「幼女」。這些青澀、幼稚的記憶一直擱淺在我的體內，讓我保持了孩子的容貌，臉上留下那種迷惑、不安與執拗的神情，只要這種表情還在，我便一直生活於時間的夾縫之中，不再年輕也不能老去。

該是把這種表情剔除的時候了，心安理得地讓時間的紋路爬上我的面頰，我會變得堅定、坦然，而且安詳，而你將不再愛我，我可以自由地老去，我將脫離你的目光，從歲月的侵蝕中獲得自由。

9

在我十八歲見到陳天以後，他便從我的生活裡消失了，他再出現要到好多年以後。這中間我的生活被徐晨占據，有一陣子我甚至不能想像自己還會有另外的生活。

當然，你已經知道了，後來我和徐晨分了手。分手的時候，雙方都做了很多殘酷的事情——殘酷，而且丟人。

我有了一個新男友，並且毫不猶豫地和他上了床，徐晨被這件事氣瘋了。他先是要走了他寫的所有情書，然後給它們編了號，連同我的情書一起，一封封用新信封封好，寫上學校的地址，以每天十封的頻率寄給我，一氣兒寄了二十多天。

這些數量巨大的情書雪片一樣飛來，大家都以奇怪的目光睨視著我，每天從同學手裡接過這些帶編碼的信時我都又羞又惱，無地自容。後來這些信終於停止，我以為是徐晨手下留情，直到學院傳達室的保衛把我叫了去。

那個瘦瘦的、長了一臉凶樣的保衛從上到下打量了我好一陣子，說了這麼一句：「你就是陶然？」他大概把讓我在那兒呆站當成了一種懲罰，好一會兒才慢吞吞地起身從櫃頂上拿下一大捆編了號的信件——原來是被他扣下了。凶保衛威脅說，如果這種擾亂學校正常郵政秩序的事不停止，他就要把這些東西交到系裡，交給學校。一想到老師們下課後湊在一起，分頭閱讀徐晨那些把我叫做「小兔餅乾」的情書的景象，我簡直就要當場昏倒。為了阻止此種情況發生，我使出渾身解數，認錯哀求，賭咒發誓，說這些信不過是連載的小說，是為了提高我的文學修養，以後保證改用其他方式，他終於滿腹狐疑地把信交給了我。

情書轟炸結束以後，我依然不能安心，那時候我還不知道，作為一個摩羯人最不能容忍的就是不得體的行為，而這恰恰是徐晨的拿手好戲。

果然。

一天中午，吃完午飯回來我就看見一摞來信放在宿舍的桌上，有我的，也有別人的。我隨手翻著，忽然一個信封上熟悉的字體跳了出來——是徐晨寫給魏紅的！絕對沒錯，就算徐晨再加掩飾我也認得出他的字體，更別說他寫得工工整整，絲毫沒有掩飾的意思。我的臉脹得通紅——他又要幹什麼？他又要耍什麼花招？他讓我在學校裡丟人現眼還不夠，還要鬧到宿舍來？就在我猶豫不決，不知是該吃了它還是燒了它的時候，魏紅拿著飯盆進來了。我手裡緊捏著那封信，打定主意絕不能給她。

「魏紅，是徐晨寫的！——有你一封信，我不想讓他麻煩你，我拿走了。」

我語無倫次地說完，不等她的反應便拿著信跑了。

在中午安靜的小花園裡我讀了那封信，然後把它們撕成碎片。我和徐晨總是約在外面見面，他和魏紅並不熟悉，當然他知道宿舍裡每個人的名字和她們的故事，是我說的。在那封信裡，徐晨準備扮演一個勾引者的角色，勾引我同宿舍的一個女生，他甚至還寫了一首詩！我想不出還有比這更拙劣、更讓人討厭的方式——如果他想讓我回頭。

我跟魏紅沒再提過這件事，她也沒有。我是因為羞愧。

後來，徐晨終於宣布結束我們之間的戰爭，把我留在他那兒的所有東西一古腦地還了回來，在那些寫了字的舊電影票、生日卡和玩具熊中間，我發現了魏紅寫給徐晨的信。魏紅在信裡說我沒有權力拿走徐晨寫給她的信，這是對她人權的侵犯，她為這個很不高興。我和魏紅一直是不錯的朋友，那是我第一次明白人和人是怎樣的缺乏瞭解。

「那時候我要再努把勁兒，就把你們宿舍那個什麼紅勾搭到手了。」十年以後的徐晨有一天想起了這碼事兒。

「放心吧，一點兒戲都沒有，她比你老練十倍。」

「可能你說得對。」

他到底還是比十年前有了進步。

10

我忘了說，徐晨生在春天，雙魚座，被愛和幻想包圍的海王星主宰。他身上有許多品質我一直不能理解，因為他是水，而我是土。

徐晨大學時讀的專業是數學，在鬧了兩年試圖轉到中文系未遂以後，每學期末潛入學院的印刷車間偷試卷，如此混到了畢業。這為他在學校贏得了天才的名聲——長期曠課，到了學期末書還是新的，但門門考試都過。他家裡的電腦整日開著，但作用和我的一樣——用來寫作。他是我見過的最勤奮的寫作者。

大學畢業以後有那麼一陣子，他對錢產生了巨大的熱情，完全不亞於他對文學的熱情。他不厭其煩地談論錢，談論道聽塗說來的有錢人的生活，談論物質的無窮魅力，並且開始只在名店購置衣服。初次見面的人聽到他那個時期的腔調，會對他產生市儈的印象，我差點兒認為這傢伙完蛋了。不過這麼多年來我已經養成了對他的話並不當真的習慣，他的金錢和他的愛情、他的文學一樣都是一大堆閃亮的夢想。他列出許多通向致富之路的計畫，每個計畫都詳盡地設計出實施細節和步驟，聽起來全都真實可信，十分誘人。其實這和他上大學時，有一次要成立一個叫「野孩子」的樂隊，又有一次要騙他爸爸的錢拍電影同出一轍。

曾經有兩、三年的時間，徐晨在成為一個作家還是成為一個企業菁英之間左右為難，他只比較最成功的作家和最成功的企業精英之間的差別，而絲毫不考慮不成功的作家和不成功的企業菁英之間的差別，以及自己與這兩者之間的差別，我得說他對他自己和人生都充滿了偏見。

在拿不定主意的情況下，他決定一邊讀MBA，一邊寫作，一邊購置西裝，一邊在攤上買牛仔褲。他就此事曾多次徵求我的意見，但是對我的意見充耳不聞。

當然他有才能，但肯定不是天才。他的MBA沒有讀下來，少年成名的機會也失去了。如果徐晨後來沒有成為一個作家，我是否會感到失望？答案是肯定的，這對我來說不是偏見，而是常識。我時常覺得他不可思議——還有什麼可考慮的？還有什麼可猶豫的？他生來就注定了該幹這個——寫作是唯一能使他的幻想具有意義，成為有形之物的途徑。而在其他情況下，他天真的腦袋會使他遭到沒頂之災。

摩羯座的人總是清醒冷靜的，而雙魚，他們糊塗，拿不定主意，三心二意。是愛眉告訴我的。

所有關於星座的事都是愛眉告訴我的。

11

愛眉的身體是對世界的感應器，這台機器如此精密，使她能捕捉到風中帶來的氣息，樹木枯榮帶來的氣息，人的氣息，星體在運行中相遇而形成的引力，某種強烈的願望帶來的空氣的顫動。她的身體像一根柔軟的絲線，每一點動靜都能使她激烈地抖動。她被這些抖動折磨得心力交瘁，沒有哪個星期，哪個月她是健康而安寧的，她被她敏感的身體拖累，失眠、頭疼、便祕、渾身不適，精神恍惚。能夠治癒她的唯一辦法就是關閉這台敏感機器感應世界的觸角，而這，是她死也不做的。

每次愛眉絮絮叨叨地談論她什麼什麼地方不舒服，空氣什麼什麼地方不對勁的時候，我都沒有認真聽，說實話沒有比身體的感覺更難交流了。但是每次她說完，我都會勸她：「去一個沒人的地方種一年菜，你什麼毛病就都好了。」

話是這麼說，可你做不了違反你本性的事。

認識愛眉是在大學畢業以後。

我大學畢業被分配在一家出版社工作。該怎麼描述我那時的生活呢？如果我有劉震雲的胸懷和文筆，就可以寫一篇〈單位〉，可惜我不行。在出版社工作的一年時間裡，我是一個懶散隨便、遲到早退、不求上進的典型。常常有老同事語重心長地找我談話，說年輕人不懂得愛惜自己，不懂得努力工作的重要性。一個摩羯座的人不懂得愛惜自己？不懂得努力工作的重要性？真是天大的笑話。

我們的出版社位於北京最大的蔬菜批發市場旁邊，每天中午吃過飯，編輯們便三五結伴去批發市場買菜，共同討價還價，然後提回許多蔥綠水靈低於零售價的蔬菜。下午的時候，你常常可以看見辦公室裡幾位同事圍坐在一起摘菠菜，剝青豆，如果你聰明便能明悉其中人際關係的玄機，誰和誰投契，誰和誰不對付，在這些摘菜的閒聊中，造就了許多恩怨是非。

這裡面的確有很多故事，但是都與我無關。當然，不只一次有人邀請我一起去買菜，我拒絕了。中午，我獨自坐在陰冷的辦公室裡，想，再不會有比這更糟的生活了。再這樣過兩年，沒準兒哪天我就會接受買菜的邀請，然後一步一步變成和他們一樣的人。所以，沒什麼可猶豫的，我辭了職。

我成了一個自由撰稿人，靠寫作為生，什麼都寫，那時候這種人已經多了起來。

愛眉是一家雜誌的編輯，我們就這麼認識了。

愛眉喜歡和明朗的人在一起，這樣她那台感應器也會讓她自己變得明朗愉快。我不知道我算不算是明朗的人，如果讓我自己說我認為不是。

「你是另一種——你有很強的生命力，看見了嗎？你有兩條生命線，其中一條還是雙線。這很少見。」

我得意地舉著自己的手掌，朝著陽光：「真的?!」

「但是你放心，老天不會平白地給你任何東西，他既然給了你比別人更強的承受力，他也就會給你比別人更大的考驗。」

更大的考驗！

你可能並不把愛眉的話當真，認為她只是那麼一說，我可不這麼想。

愛眉以自己的健康為代價獲得的直覺能力是令人恐懼的。

就說李平這件事吧。

李平是朋友的朋友，因為為人風趣，有什麼湊趣的事，大家都愛叫著他。那年他好好地開著一家廣告公司，而且接下了一單大案子——籌辦冰島另類女皇碧玉的北京演唱會。他找到我，希望能幫忙組織一些文章，當時我正忙著寫劇本，就把他介紹給了愛眉。而愛眉那個月正犯頭疼，無力幫忙，又把他推薦給了另一個朋友。這單案子最後到底是誰接了我也不知道，不過，演出的時候我去了。碧玉的水桶腰穿著一件粉紅綢子連衣裙，唱歌的時候站著一動不動，把渴望揮手晃動、大聲尖叫的觀眾生生涼在那兒，氣氛總也熱不起來。但是我喜歡她，她那奇特的嗓音穿透空氣針一樣鑽進你心裡，讓你莫名驚訝，動彈不得，不由不讚嘆還站在那兒來回搖晃的那些傢伙心臟真是堅強。

演唱會不成功，因為沒有賺到錢。

一個月以後，愛眉的頭疼有了好轉，我們約了一起吃飯。飯吃到一半她說：「上次你讓他找我那個人怎麼樣了？」

「誰啊？」

「就是那個要開演唱會的。」

「李平。」

「對，開了嗎？」

「開了，你不知道？」

「我這個月的頭簡直就是……」

為了不讓她繼續談她的頭，我說：「我去看了，挺棒的。」

「是嗎。那天我本來就難受，一看見他——好傢伙！」

「怎麼了？」

「滿臉晦氣。」

「李平？」

「可不。」

我有點兒服她了：「好像是虧了錢。」

「是吧。」愛眉點點頭，好像很欣慰。

後來我明白，愛眉的欣慰不是因為自己看得準，而是慶幸沒有發生更不妙的事。

但是——從那次以後我再沒見過李平，別的人也沒有。他從我們的視野裡消失了，就像人間蒸發了一樣不見了蹤影。過去聽音樂會、看演出的時候常常能遇到他，那以後再也沒有過。他的公司據說轉讓給了別人，而他不知去向。我向很多人打聽過他，也有很多別的人向我打聽他，這只能證明一件事——就是他不見了！

我並不認為他的人身安全有什麼問題，他只是從這個圈子裡消失了。

他到底遇到了什麼事，沒有人知道。

愛眉認為大多數人都具有更多的感知世界的能力，只是它們被封閉了，沒有開啟。既然夏天炎熱的空氣使你煩躁，北歐的憂鬱症患者遠遠高於熱帶，那麼如此巨大複雜的行星運動不可能不對你產生影響。無論是占星、批八字、看相都是完全唯物的，你不相信，只能說明你目光短淺，如同一個視力好的人和一個視力差的人，看到的東西自然不同。

這就是愛眉，後而還會講到她。

12

離開徐晨以後，我過著一段單純的日子，因為疲倦，找了個溫和優雅的男友，然後厭倦了，重新渴望與眾不同的生活。

我把那段日子叫做「紅舞鞋時期」。

「紅舞鞋時期」的顯著特點是沒心沒肺，肆意妄為，帶來的顯著特徵是男友眾多。

如果凱莉・布雷蕭把這寫入她的專欄《Sex and the City》，她肯定會這麼描述：「有一陣子這女孩選中三個男人，分一、三、五和他們上床，這樣還剩下四天的時間無所事事。關於空閒的這四天時間她當時想出兩種辦法，一種是再找三個男友，或者一星期和他們每人上床兩次，剩下的一天作為休息。這兩種辦法都不可行，前一種是因為她心不在焉常常叫錯名字，記錯約會。而後者，則需要他們對她有更大的吸引力。」

我在開頭就說過了，人的欲望前後矛盾，瞬息萬變，混亂不堪，牽著你的鼻子讓你疲於奔命。對於人類來說，欲望和厭倦是兩大支柱，交替出現支撐著我們的人生。一切選擇都與這兩樣東西有關。但是吸血殭屍不是，他們只有欲望，從不厭倦，也就絕少背叛。他們是我喜歡的種類。

在那段日子裡，我遇到過很多不錯的人，當然也有很糟的。這都是我現在的想法，那時候他們的好壞我毫不在意，只要有一點兒吸引力就行，那可能是微笑時嘴角的皺紋，某種疲倦的神情，某個轉身而去的孤單背影，什麼都有可能。

有一首歌，那時候常常聽的，歌名忘了，只記得第一句：「曾有一次晚餐和一張床，在什麼時間地點和哪個對象，我已經遺忘，我已經遺忘……我就像那個穿上了紅舞鞋的村姑，風一般的旋轉而去，不為任何東西停下腳步，不為快樂，不為溫暖，不為欣喜，也不為愛。」

也許我錯過了很多東西，誰知道呢。

很多年以後，在街頭遇到一個「紅舞鞋」男友，我們已經很久不見了，我對他的印象是不停地抽菸和一雙修長漂亮的手，兩三句寒暄之後，他突然說：「嫁給我吧。」說實話，我當時真想說：「好的。」就像在電影裡一樣，然後和他手拉手互相注視轉身而去，在陽光的大道上越行越遠，音樂起，推出「劇終」，好萊塢式的完美結局！它至少應該在我的生活中發生一次！我當時一邊這麼想一邊站在大街上傻笑來著。

但是紅舞鞋終會變成一雙難看的破鞋，為了擺脫它那可憐的女孩砍掉了自己的雙腳！二〇〇二年初春，一個叫做Kneehigh Theatre的英國劇團來演過這齣戲，屠夫拿了把鋥亮的殺豬刀（那可是貨真價實的真刀，擦在地上直冒火星）對著女孩兒的腳比劃來比劃去，明知道他不會真砍，還是看得我心驚肉跳。

如果你不相信克制是通向幸福境界的門鑰匙，放縱肯定更不是。

這是我的經驗之談。

13

再次見到陳天的時候，我剛剛跟所有的男友斷絕了關係，把自己關在家裡。我整天不出門，不說話，只是關著門看書。我的套房在父母隔壁，每到吃飯的時候他們就來敲我的門，而我總是不吭聲假裝不在。

我戴著耳機反反覆覆聽了Tears for Fears的一首歌Everybody wants to rule the world，不停地聽：

歡迎來到你的人生，
這是一條不歸路。
大幕已經拉開，
你得扮演好你的角色……

我對一切都沒有興趣，悲觀厭世。

當然，我一直是個悲觀主義者，認為這個非我所願而來、沒有目的也沒有意義的生命是個不折不扣的負擔。只是憑著悲壯的熱情和保持尊嚴的企圖，我才背起了這個負擔，同樣出於尊嚴還要要求自己背得又穩又好。但那陣子我對這個工作失去了熱情。

我試圖尋找意義。

在這裡我應該引用叔本華《悲觀論集》的所有句子，但是還是算了吧。你一定已經讀過，就算沒讀過，也可以找來讀。

這種幽閉的生活過了兩、三個月，唯一能夠安慰我的便是看書、聽歌和看碟——總之，看看別人是怎麼想的。叔本華說得沒錯，對於人類來說最好的安慰劑就是知道你的痛苦並不特殊，有很多很多人，甚至許許多多傑出的人都像你一樣忍受著同樣的痛苦和不幸，忍受著這個充滿虛無的人生。

就是在那時我認定藝術家的工作是有意義的，他們向不善表達的人說出了他們的感受，和善於表達的人取得了共鳴，而對於那些毫無知覺的人，應該恭喜他們，就讓他們那樣下去吧。

歡迎來到你的人生，
這是一條不歸路。
大幕已經拉開，
你得扮演好你的角色……

Tears for Fears悲愴的聲音以無奈的調子這樣唱著，到最後卻彷彿自己也受了感動，歌聲變得高亢，充滿了金色敬意和激情。

那年春天來到的時候，我對痛苦和沈思感到厭倦了，站在中午耀眼的陽光裡瞇起眼睛，我簡直不能想像我會幹出那樣的事——深夜跑到結了冰的什麼海，整小時地躺在冰面上，試圖讓深夜的寒冰冷卻我身體裡燃燒的痛苦，那痛苦無影無形，卻如影相隨，不知道來自哪裡，也不知道後面去了哪兒。也許它是迷了路，偶然撞到了我身上？因為沒有任何現實的原因，也就找不到任何解決的辦法，這讓它顯得格外可怕。我敢說，我準是碰上了人們所說的「形而上的痛苦」。在這痛苦裡我失去了所有的優雅作風，躺在冰面上大聲喊叫，用了所有的力氣大聲喊叫，希望身體裡的痛苦能夠通過我的喊叫消散出去。

那天夜裡四周寂靜無聲，沒有任何人從黑暗中走出來打擾我或挽救我，任由我呻吟嗥叫——那時候的什麼海沒有路燈，沒有柵欄，也沒有寒冬夜行人。

多年以後，當抑鬱症席捲北京，身邊的朋友紛紛倒下，飯桌上的談話變成比較「樂耐平」、「百憂解」和「聖約翰草」的藥性時，我才想到那個冬天我可能得了憂鬱症。那痛苦可能完全是形而下的而不是形而上的，但當時我們都缺乏這方面的知識。

冬天結束，我把厚重的衣服收進櫃子，花了很長時間在鏡子前琢磨我的新衣。我那麼專注於衣服顏色和樣式的搭配，半天才發覺我竟然很有興致——也就是說它不見了！折磨了我一個冬天的痛苦不見了，我不知道它是走了，還是我已經對它習慣了。總之，我不再老想著它了！

好吧，既然我活著這件事已經不可改變，那麼開始吧，大幕已經拉開，我得扮演好我的角色……

14

沒想到我的第一個觀眾是陳天。

我走進辦公室的時候，陳天坐在窗前的大桌子後面，從正看著的稿件上抬起頭，笑了。

「長大了。」他眼睛一眨不眨地盯著我，「一點兒都沒變。」

你可老了。我向他微笑時心裡這麼想。

我得先說我是去幹什麼的。

因為一個冬天的禁閉和思考，我基本得出了與浮士德博士相同的結論——人生唯一能帶來充實感的事情就是創造，我既然要度過這個人生就得依賴這種充實感，這種「幸福的預感」，而我既無力「開拓疆土」，只會寫作，只能寫作，只有寫作。於是我痛下決心，從此遠離風月情事，遠離情感糾纏，遠離那些毫無意義的人間瑣事，讓寫作凌駕於一切之上。

我當然知道創造除了需要決心之外，更需要的是「才能」，「才能」這件事說起來可跟你的努力、你的願望都關係不大。想到此處我冷汗直冒，馬上就想抄起電話打給愛眉，讓她就我的金星相位談談我的藝術才能。可是如果她說我的相位不佳我可怎麼辦？我該怎麼打發我的人生？

我的決心已經下了兩個多月，每天對著自己的大堆手稿猶豫不決，不知道是該出去推銷自己，還是該關在家裡筆耕不止。寫作對我是愛好，有人習慣手裡夾一支菸，我喜歡手裡拿一枝筆，從小如此，便成了自娛自樂。少年時代我曾斷言徐晨是一個作家，對自己卻缺少這種期望。我決定，從現在起再不把我的寫作熱情浪費在情書上了！如果這是我唯一會的東西，我也只好拿它闖蕩世界了。

在我給雜誌寫專欄、給廣告公司寫企畫、給影視公司寫了幾個有始無終的電影劇本的那段日子裡，郭郭的電話找到了我。

「我們公司各種人都要！」她說，「下星期把你寫的東西給我一些，我交給我們藝術總監看看。」

「好。」

郭郭是我大學的高班同學，在一家叫「天天向上」的文化公司裡作企畫，她的任務是為剛成立的公司找一群年輕寫手，寫什麼的都要，因為「天天向上」的業務包括出書、辦雜誌、作劇本企畫、製作電影、電視劇，也為作家做經紀，你能想像出的事它都做。那兩年，這種文化公司多如牛毛，所有有點兒聲望的文化人都開了這麼個公司。

「我們公司的藝術總監是陳天。」郭郭最後說。

星期一，我把一個電影劇本交給郭郭，那是我在出版社無所事事時寫的。下一個星期一，郭郭打電話來，說他們的藝術總監明天約我去公司見面。

我如約前往。

15

《圓形棒糖》——我的劇本被陳天從一摞稿件中拽出來，拿著它坐到我旁邊。

「真長大了，會寫劇本了。」

他笑吟吟地看著我，我沒吭聲——倚老賣老嘛！

「怎麼想起寫這麼個故事？」

「沒什麼，瞎編的。」

「瞎編的？我還以為是自傳呢。」

他不懷好意地笑著，我也笑了。

《圓形棒糖》是關於一個年輕女孩兒挽救一個酒鬼作家的故事。作家總是喝酒，而女孩兒總是叼著一根圓形的棒棒糖，在最後的日子裡，年輕女孩兒因誤殺一個糾纏她的壞男人被關進了監獄，而垂死的老作家還握著一根棒棒糖等待她的到來……

「要擁有自己的語言是很難的事。」陳天收起臉上的笑容，正色道，「但是也很重要。」

他是說我缺乏自己的語言方式嗎？他是這個意思。十足小說家的口氣！劇本並不需要自己的語言方式，劇本尋求的是敏捷的表達，只有導演才看劇本，導演看的也不是你的語言方式，導演才需要自己的語言方式呢！

我像個乖女孩那樣坐著，什麼也沒說。

「寫得不錯。」他最後總結說，「如果你願意，我可以幫你代理，向別人推薦這個劇本，我們公司百分之二十代理費。怎麼樣？」

「好。」

「同意了？那簽個合同吧。」陳天起身招呼他的女祕書把合同送到了我眼前，「看看吧。」

我強裝鎮靜地拿起合同，努力集中精力往下讀，我沒想到事情這麼簡單，管它呢，反正我也不會有什麼損失。

「沒問題。」我努力使自己顯得老練。

「那簽字吧。」

他在邊上看著我，我知道我的樣子讓他覺得有趣，有趣就有趣吧，他的優勢明擺著，我不必計較。

我簽了字，他也簽了，合同交給了女祕書去蓋章。

「好，這件事完了，還有一件事——這兒有個故事，你能在兩個月之內寫成劇本嗎？」

我走出「天天向上」的時候，忽然有了另一個想法，對於「創造」我不敢說什麼，但至少我可以追逐世俗的成功，這不會比「創造」更難吧。好吧，讓我們來加入這爭名逐利的人生洪流吧！誰打擾我我就把他一腳踢開，這才是摩羯座本色！

16

星期六我打電話請郭郭吃飯，郭郭說她下午要去看一個展覽，問我要不要一起去，我說好啊，看完展覽再吃飯。我們約了在官園見面一起坐車去。

郭郭是個巨能說的女孩，精力旺盛，對一切充滿興趣，我們見面不到半個小時，我便對她這兩年的生活以及感情經歷瞭如指掌。她問我是否經常看美術展覽，我就跟她說我從小就對美術深懷興趣，小學畫的水墨熊貓得獎就別提了，上中學的時候跟一個美院的學生學素描，鉛筆擦在粗糙白紙上的感覺讓人愉快，一筆接一筆，連聲音都十分悅耳。我不是個耐心的人，但畫畫的時候卻心靜如水，不厭其煩。那個美院的學生認為我畫得不錯，可也看不出什麼不能埋沒的才能，畫了兩年也就算了。後來唯一一次重拾這個樂趣，是和一個畫畫兒的男孩戀愛以後。我們曾經一起背了畫箱去野外寫生，我在他旁邊支了個畫框，有模有樣地畫著，引來不少過路的農民圍觀。從和那個男孩分手，我對美術的興趣就只剩下看展覽了。

我的談話能力完全因對手而定，有了郭郭自然是你一言我一語說得很是熱鬧。郭郭說到陳天，總的意思是覺得他不錯，很有趣。

我們拿著請柬，邊走邊聊，頗費了些周折才找到位於東單附近的XX胡同二十三號，可那兒怎麼看都是個大雜院，不知道展覽在何處，門口也沒有任何指示。我們在門口猶豫的時候，只見幾個長頭髮大鬍子的人朝這邊走來，我知道對了，只要跟著他們就行，果然，他們熟門熟路地進了院子，三拐兩拐地來到一個門前，不用說了，門口還站著好幾個跟他們類似的人，原來是個私人畫展。

進了門才發現這裡別有洞天，房子倒是一般般，但收拾得很有味道，花草門廊，錯落有致，院子中間掛著七、八個鳥籠，這些鳥籠可非同一般，上面長滿了白色的膠皮奶嘴，密密麻麻，又是怪異又是好看。滿院子的藝術青年和藝術中年就在這些奶嘴下面走來走去，交談寒暄。

在這種場合，沒有比乾站著更慘的了，展覽十分鐘就看完了，剩下的時間大家就拚命和別人交談，顯出和所有人都很熟的樣子。我和郭郭也加入了奶嘴下曬太陽的行列，跟著大家點頭寒暄，接受名片。

「阿波羅・趙。」我從名片上抬起頭，看著眼前這個大腦袋的阿波羅，他除了臉盤子大、頭髮向外發射般地豎著這兩點之外，看不出他和太陽神的關係。

「那邊那位是我夫人。」他指著遠處一個披著黑色披肩的女子。

「您夫人不會叫維納斯吧？」

「你們認識？」

「還沒這個榮幸。」

阿波羅・趙又遞給我一張名片，上面寫著「維納斯・孫」——居然言中。

「你們一家把美、藝術、愛情全占了，別人還混什麼呢？」

我逗他。

阿波羅・趙靦腆地笑了：「沒什麼，沒什麼。」

他這麼坦然倒顯得我小氣了，愛眉這時進了院子。

「愛眉，愛眉！」我招呼她，把她介紹給郭郭，兩人馬上聊了起來。愛眉的父母都是畫畫兒的，都畫國畫。愛眉出於對家裡堆得到處都是的筆墨紙硯的反抗，除國畫之外的所有美術門類都感興趣。

每次到這種場合我都會讚嘆愛眉的社交才能，她跟誰都有得說，跟誰都說得來，而且全都輕鬆自如，我就僵硬多了，不是滔滔不絕，就是一言不發。

「當然了，我是雙子座。」愛眉說。

「我明白你為什麼不肯去鄉下種菜了。」

「嗯，我需要活人。」

「活人，說得真恐怖，你不會吃他們吧。」

愛眉好脾氣地笑：「我對人有無限的興趣。」

郭郭是愛說話，愛眉是愛交談，這兩者之間有些差別。

我們都認識的一個畫家鄭良神氣地帶著個外國女人向我們走了過來，他面色黝黑，腦後有辮，說話大舌頭，頗有活動能力。

「這是卡瑟琳，美國使館文化處的。」

我們都向那個瘦小的黃毛女人點頭。

「這是陶然，這是愛眉，她們是搞文學的，批評家。」

「我可不是。」我　點兒虧都不肯吃。

「今天有你的東西嗎？」愛眉問。

「有啊，你們還沒看呢？靠牆那七、八幅都是我的作品。」

我側過頭，牆邊的確豎著七、八幅大畫，它們看起來全都一模一樣，以致被我忽略了。

「你畫的是什麼？它們看起來像是——葫蘆。」我指著畫布上的一個個連環的圓圈問。

「你挺有藝術感覺的嘛。」

「不敢當。」

「——就是葫蘆。」

「果然。你為什麼畫這麼多葫蘆？」我用手畫著圓圈。

「這是我的新畫風。葫蘆代表中國哲學思想，體現了中國那種形而上的、飄的東西，是一種八卦，八卦風格。葫蘆蘊涵了很深的哲學意義，它的兩個弧形象徵連在一起，這種連法代表的哲學，我們應該學習這種連法兒……」

我很難告訴你鄭良到底說了什麼，因為憑我的複述，這些話好像有了點兒邏輯關係，但是我敢保證，他說的時候絕對沒有。

鄭良的闡述被一場行為藝術打斷了。大家把一滿臉粗糙、年齡不清的男人圍在中間，他下身赤裸，軟塌塌的生殖器上拴了一繩子的另一端綁著一隻小鳥，那可憐的小鳥肯定是受了驚嚇，撲騰著翅膀上下左右飛躍，帶著那裹著包皮的黑東西來回亂抖。

「題目是〈我的小鳥一去無影蹤〉。」愛眉在念一份介紹，「小鳥不是在那兒嗎？」

「沒看見有人在邊上拿了把剪子準備嗎？」郭郭提醒她。

「噢，看見了。你說他是要剪線，還是剪雞巴？剪線就無聊了，剪那玩意兒還有點兒意思。」

「走吧，會讓我對男人喪失興趣的。」我拉愛眉。

我和郭郭、愛眉出門以後，鄭良還在後面喊：「再待會兒吧，一會兒藝術家們要出去吃飯。」

我們決定放棄和藝術家們共進晚餐的機會。

「你說，你倒說說，你認識的畫畫兒的人多，是不是我有偏見？他連一句完整的話都說不俐落──『我們應該學習這種連法兒！』老天爺，這是什麼話？！他有一次給我寫過一張便簽，說他晚上要去看話劇，知道是哪兩個字嗎？『化劇』，『化學』的『化』，『劇』字倒是寫對了。有一些字是可以寫錯的，比如說『興高采烈』的『采』，但是有一些字是不可能寫錯的，除非他是個白癡！你說他是不是個白癡？或者我有偏見，我有文化歧視。畫畫兒的人都這樣嗎？他們因為不會用語言和文字表達，所以才畫畫兒的？」

我在吃飯的桌子對面朝愛佰揮舞著筷子。

「是嗎？是嗎？他真的這麼寫的？」郭郭大叫。

「肯定不能這麼說，畫家中有學識善表達的人大有人在，多了，比如惠斯勒，你愛的王爾德還抄襲他呢。」

「我現在不像以前那麼愛他了，他的俏皮話太多，真正談得上觀點的東西太少。不說他。」

「當然像鄭良這樣的人也不在少數。有一種說法——最無學識、最沒文化的人是最有天賦的藝術家……」

「比如盧梭。」郭郭說。

「比如盧梭。」

「可是你說他是盧梭嗎？他是真的有才能只是表達不出來，還是根本就是個白癡？」我說。

「這個有待時間的考驗。」

「我看他多半是個白癡。」郭郭肯定地說。

「我小時候天天兒的都是畫畫兒的人，後來我父母叫我學畫，我死活不肯，因為很多人都像鄭良這樣，我看不上，我喜歡用語言表達。不過後來我的確遇到過幾個很有才華的人，但是他們什麼也說不清。」

「好吧，那我們再看看吧。」我表示同意，但仍堅持說，「幸好我沒學畫畫兒，每天和說蠢話的人在一起我會發瘋的。」

「跟美術相比，你肯定更有語言才能。」

我叫計程車送愛眉回家的時候，她說。

「何以見得？」

「你自己不知道？」

「我不知道到什麼地步能算『才能』。我的金星怎麼樣？」

「這得繪製星宮圖，把你的九顆星星都放上去看它們的相位。」

「這麼複雜？什麼時候你有空，等你頭不疼的時候，我想知道！」

「行。」

——有愛眉這樣的朋友能解決多少人生的難題啊！

「要相信你的直覺，你有直覺能力。」愛眉下車的時候說。

17

如果我真有愛眉所說的直覺能力，我得說陳天給我的這個故事是個狗屎。一個中學生愛上了他的女老師，假模假式的性覺醒，矯揉造作，莫名其妙。還得避免過激的行為，避免實質性的接觸，偷看女老師換衣服是肯定不行了，寄匿名情書還不知道能不能通過審查。

我把劇本大綱給陳天的時候，他沈吟著，我就把這些話跟他說了，當然沒提「狗屎」。

「香港人，他們出錢拍這個電影。」他言簡意賅，「編劇嘛，是個職業，你要不要寫它？」

「要。」

我回答得這麼乾脆把他逗樂了：「我們當然可以弄自己喜歡的東西，女孩兒挽救作家呀什麼的……」他諷刺我，「不過你還年輕，鍛鍊鍛鍊，掙點兒錢也不是壞事。」

「多謝指點。」

「不過要用心寫。」他揮了揮手裡的大綱。

「我回去重寫。雄式段落刪掉，寫一個青澀的初戀故事如何？」

「好，我看這個你在行。」

我忍住了不跟他鬥嘴，很正經地說：「下星期給你。」

「跟我出去吃飯嗎？我要去見兩個人。」他抬頭看看牆上的鐘，輕描淡寫地說。

我腦袋裡的警鈴顫動起來，一閃一閃地亮著紅燈，我給了他兩秒鐘的猶豫，回答說：「不了，我回家。」

「聰明，其實我也懶得見他們，可是不行。」

他拿出一副對待同齡人的態度把我送到門口，伸長手臂幫我開門。

「下星期見。」

——要相信直覺，我的直覺告訴我，和陳天保持距離。

陳天有個壞名聲，喜歡女人是許多藝術家的壞名聲。這個壞名聲證明他們是性情中人，證明他們情感熾烈，熱愛美好的事物並且真摯忘我。我相信他們中間大多數人對這個名聲並不反感，像徐晨這樣的作家還努力保持這個壞名聲呢。（混際其中的下流胚除外，我從不談論下流胚。）

不是道德禁忌，別跟一個喜歡拜倫的人提什麼道德禁忌，對於什麼可以做什麼不可以做，他們有自己的準則。我的問題是我已經說過我要遠離風月情事，也就該遠離那些情種，特別是那些還滿不錯的情種。

18

一個半月以後，我如期完成劇本，起名叫《小童的天空》，小童是那個愛上女老師的中學生。劇本交給陳天的時候，他很高興，說很少有編劇提前完稿。除了這個，他沒提什麼意見，說等香港人看了再說。

寫作是一件內耗的工作，讓人身心疲憊，而放鬆身心的辦法有人是喝酒作樂，而我是散步做愛。我每天散步，在散步不起作用的時候就做愛。我認為身體放鬆的時候大腦才能很好地運轉，當然，有個限制——做愛的時候只能用身體，不能用心，寫劇本需要冷靜。

那陣子，我和一個叫亞東的男孩有過一段交往。

亞東沈默寡言，有種處亂不驚的冷靜，是我當時偏好的類型。這種人我一眼就能從人堆裡揀出來。在一個酒吧不知為什麼的莫名聚會裡我們沒說上兩句話，但還是在離開前互相留了電話。兩個星期以後我打電話給他，我們一起出去吃了飯，飯後去了一家撞球廳，他手把手教了我兩個小時的撞球。

兩個人在一起的時間不論長短，都會形成一種特定的方式，就像是電腦的預設值，一啟動就是這個模式，大家都省事。我和亞東的預設值是——不談論感情，不介入對方生活，由我打電話定約會，不一起過夜。

這種預設值使我在決定不和男人來往的時候，沒有把亞東算在其中。

劇本快寫完的時候有一次我打電話給亞東約他見面，他猶豫了一下，問我什麼時候。

傍晚時分，他如約來到我的小屋，遲到了四十分鐘。他沒解釋，我也沒問，我們像往常一樣做愛。

天完全黑下來以後，我打開枱燈，知道自己又可以安靜地寫上一陣子，心滿意足地靠在床邊看他穿衣服。

他背對我，忽然說：「剛才遲到了，下午我在做婚前檢查。」

「你說什麼？」我的腦袋已經不知道飛到哪兒去了，被他這句話拉了回來。

「我明天結婚。」

就算我妄圖鎮靜如常，也還是愣了一下。

他轉過身看著我，表情依然平淡，但我看得出他對他的話產生的效果很滿意。

我知道我該說點兒什麼：「你們看了那個他們說很噁心的成人毛片嗎，下午？」

「沒看，要不然還得晚。正好有一撥人看完出來，我們就假裝已經看過了，蓋了個章。」

「好運氣。」我把衣服扣好，「那麼，明天你是去登記？」

「上午登記，晚上請客。」

「那你有很多事要辦吧，準備衣服，還得做頭髮？」我說著，發覺說的都是關於結婚最蠢的想法，只得作罷。「我不知道……反正肯定得幹點兒什麼。」

他在床邊坐下，吻我，深情的樣子，久久不肯放開，讓我驚訝。我想他是有意的，他要這樣做，所以我其實用不著說什麼，為耽誤他而道歉就更可笑了。

「打電話給我，什麼也不會改變。」臨走的時候他說。

那天晚上，我只寫了幾行字就停了手，因為不對頭。我一直在想亞東的事，想知道他到底出於何種理由要丟下他的新娘跑到我這兒來。為了給我留下一個深刻印象？不願意拒絕我？他的婚姻是非他所願的？我對他的私事一無所知，但有一點我可以肯定，不是出於愛，我們之間的一切與愛差著十萬八千里呢。那麼只有一個解釋，他是為了向他自己證明他是不可改變的，為自己的生活製造一點兒戲劇性；要不他就是天性冷漠，認為世界上沒有任何神聖、值得傾注心血的東西。那就可怕了，我喜歡冷靜的人，但極端討厭冷漠的人。

什麼也不會改變，還是改變了，他不是我要的人，我要的是冷靜面孔下燃燒的熾熱靈魂。當然，是我太苛刻了，我並不瞭解他，他只是一個夥伴，應該說還是個不錯的夥伴呢。算了吧，這個精挑細選的男友一樣讓我分神，與其關心他，還不如關心我的劇本呢。

我伸手想拔電話線的時候電話響了，是愛眉，她有個好消息報告我，是關於我的金星的。

「你的金星與土星呈六十度角，在星宮圖裡，這個分相最能表示藝術方面的卓越技巧，土星為金星唯美的審美觀帶來更堅毅固執的詮釋，而你星座的主星就是土星，所以它們十分和諧，並無衝突……」

「沒什麼可擔心的了，劇本肯定沒問題！」我馬上把亞東忘到腦後去了。

19

星期三下午，我在陳天的辦公室見到了剛下飛機的香港監製。他和陳天年紀相仿，保養得紅光滿面，一副商人派頭，據說是香港最有錢的導演之一。

「劇本還不錯，基本上可以說很好。」

看，我早知道，別忘了金星和土星的交角。

「只有一些小的地方需要修改，比如說小童的父母離婚這條線是不是太多了一點？小童的女同桌倒很有意思，可以多點筆墨，再浪漫一點，我這兒剛好有個很好的人選可以演。這些我們可以再細談談。」

好說，小菜一碟。

「這次真是多謝陳先生了！」因為要考慮國語發音，香港人說話顯得慢條斯理，「你們叫『陳老師』？」

「人家寫有我什麼事兒。」

「多虧陳老師的指導。」我認真地表示。

「是。」香港人點頭。

「拿我開心？」

對面的陳天居然紅了臉，有趣。

晚上香港人在他下榻的昆侖飯店請客，陳天悠閒自得地靠在高背椅子裡，還是那件皺皺巴巴、洗掉了色的外套，和周圍環境形成鮮明對比。我不說話，只是吃，吃掉了一份北極貝，一份多春魚，一份天婦羅，還要了一碗烏冬麵。那年月，這東西貴得出奇，我基本上是照著吃大戶的心理吃的。

陳天的特色是心情好的時候對人親切無比，體貼入微，心情不好的時候就冷嘲熱諷愛答不理。那天趕上陳天心情特別好，把那香港人糊弄得馬上就想和他歃血為盟、義結金蘭，直吃到晚上十點半一頓飯才算告終。

「我送你回去。」

飯後我跟著他走到停車場，沒推辭就坐進了車裡，他發動他那輛半舊的標緻上了三環路。

「行了，搞妥了。」

「多謝。」

「謝我？」

我朝他笑笑，他也就沒說什麼，算是接受了。

「他們的意見不算什麼意見。」

「對，兩天就改好。」

「你剛才跟他說兩個星期。」

「我當然要這麼說，要不然他們會覺得錢花得不值。」

「一個比一個精。」他居然語帶責備，「現在我可以說說我的意見了。」

他停頓了一下，很嚴肅，我等著他開口。

「太簡單。比原來他們的那個故事當然強，但是還是簡單，我說的不是情節，而是整個氛圍，沒有周圍環境給他的壓抑感，沒有社會氛圍，沒有意在言外的伸展感，無論是小說還是電影，它們的意味應該在有限中無限延伸。」

我知道他在說什麼，他說得對，所以我沒吱聲。

「你懂我的意思嗎？」

「懂。」

他忽然側頭看了看我，懷疑地問道：「或者我們有代溝？你是故意這麼寫的？」

「不能說故意，但是我的確覺得這只是個簡單的青春故事，肯定成不了《牯嶺街少年殺人事件》，所以不必……我該怎麼說？」

「還是代溝。」他斷然地說。

我嘴角有了笑意，我們各有各的優勢，他的優勢是年長，我的優勢是年輕。

「你看了《田園》嗎？」他說的是他兩年前曾經很招人議論的小說。

「沒有。」

「嗯，那我就沒法問你喜歡不喜歡了。」

「對。」

我可不急於恭維他。

「其實，我只看過你一部小說……」

「別說了，肯定是那個最差的東西，廣為人知。」

「對。很久以前看的，是你那個英國文學研究生借給我的。」

「噢。」

我抿著嘴忍著笑，他側過頭看看我。

「你以前不這樣。」

「什麼樣？」

「伶牙俐齒。我記得那時候你不大愛說話，善於低頭。」

「不是，我一直這樣。」

他又看了我一眼，我認為那眼神不同尋常，但我懶得去想。那時候我還不知道我在他面前表演過少女脫衣秀，完全不知道。

車一直開到我們家樓下。

「就按你自己的主意改吧。」我下車的時候他說。

「不是按我的意思，是按香港人的意思。」

「說得對，我把這事忘了，算我沒說。」

「哪裡，受益匪淺。」

「伶牙俐齒。」

「再見。」

「再見。」

我只有在兩種情況下不大說話，善於低頭，一種是心不在焉，一種是陷入了愛情。這兩種情況還都沒有發生。

20

過了一個星期陳天打電話來。

「喂，劇本改得怎麼樣了？」

「在改。」

「不是說兩天就改好嗎？」

「看看能不能增加點兒社會氛圍。」

「諷刺我？」

「沒有，認真的。」

「明天晚上有個酒會，是我們公司的一個合作夥伴辦的，你有空來嗎？」

我沈吟了一下，公司的酒會，那麼說是公事。

「來吧，可以拿一套新書看看，都是剛翻譯過來的新書。」

「好。在哪兒？」

「六點到公司來吧，我們一起去。」

電話再響，是郭郭打來打聽一個同學的電話，我想該問問她酒會的事。

「明天的酒會你去嗎？」

「酒會？」

「陳天打電話說是你們公司的什麼合作夥伴。」

「啊，知道了，酒會沒我的事兒，他叫你去你就去吧。那個女人，在追陳天呢！杜羽非。」

「什麼？」

「那女的叫杜羽非，天天往公司跑，是個國外回來的什麼女博士，要和公司合拍一個電視片，還要合出一套書，什麼都想插一腿。」

「原來如此。」

「不過沒戲，小沈的表姊說小沈在和陳天好著呢！」

「哦。」

「沈雪，你不認識？」

「噢，知道了。」沈雪是陳天的祕書，我見過幾次，是個比我還小的女孩。

「小沈的表姊是個長舌婦，最愛傳小話。」

郭郭提供的資訊已經太多了，比我想知道的還多。

21

陳天的朋友，女的，杜羽非，矮個子，精力充沛，年輕的時候應該不難看，據說前夫是個著名的作曲家。陳天把我介紹給她的時候，她顯得非常熱情，但是我知道她根本沒把我當回事，第一眼打量她就認定了我的無足輕重，一個不起眼的小丫頭，她的熱情是對著陳天的。

我不知道陳天為什麼要帶我來這兒，這是為一套新出版的翻譯圖書舉辦的推廣酒會，公司裡並沒有別的人來。我誰也不認識，陳天誰都認識，他不厭其煩地把我介紹給這個人、那個人，兩個小時裡始終不離我左右，我還真搞不懂他是怎麼回事了。

「吃點兒東西吧。」

「你吃吧，我不太想吃。」我對那些亂七八糟的自助餐毫無胃口。

「不好意思。」他說。

「怎麼了？」

「我知道會很悶，所以才叫你來的，因為我必須得來。」

「以後別這樣了，有好事再叫我行嗎？」

「行。」

他端了吃的放在我面前，盤子裡每樣點心一點點，都是女人愛吃的東西。

「吃不下別的，吃點這個吧。」

叉子、刀子、餐巾紙放在盤子旁邊。

「到底是情場老手，也真是難得。」

我這麼想著不由輕輕笑了，沒有女人在被男人照顧得如此周到時會不微笑。

「笑什麼？」

「沒什麼。」

「你認識徐晨嗎？」

我正吃盤子裡的蛋撻，陳天忽然在邊上問。我以為自己聽錯了，放下蛋撻抬起頭，隔個幾張桌子，徐晨正朝這邊張望呢，我的眼神跟他碰個正著，向他點了點頭，他則一臉撞破姦情的壞笑。

「我早就發現了，你認識的人頗多。」陳天一直在注意我的表情。

「絕對談不上『頗』，他是這兒我唯一認識的人，除了——你。」

「喜歡他的書嗎？」

他倒真把我問住了，說喜歡，不喜歡都不對頭。

「嗯，這個，挺好。」

「你們是一撥的。」

他居然有點兒嫉妒，恐怕是嫉妒我們一樣年輕。

22

徐晨，在花了兩年時間也沒通過英語考試，MBA徹底泡湯以後，結束了他三心二意晃晃悠悠的生活，痛下決心閉門寫作，終於如願以償地混進了作家隊伍。他腦袋上頂著「年輕」兩個字，自稱「新新人類的總瓢把子」，在以後的幾年以不可想像的速度迅速成名。

「酸死你！」我打電話祝賀新書出版的時候，指責他，「挺大的人，一滴露珠落在你臉上還以為是眼淚?!真敢寫。」

「讀者喜歡。」他洋洋得意。

「讀者的牙也都酸掉了，連我這麼酸的人都受不了。」

「誰讓你在我的少年時期就逼著我說酸話，現在改不過來了，不說就難受。」

「我逼你？我只不過是不幸被你選中充當聽眾罷了！現在你得意了，不但可以盡情地說，還能因此得到錢，得到讀者的喜愛。」

「重要的是女人的喜愛。」

「對，這是你最關心的。」

「放心吧，這只是試探性的作品，看看讀者都是些什麼貨色，真正有價值的我還藏著呢。」

「我拭目以待。」

那天的酒會以後，徐晨打電話來。

「你怎麼又跟陳天混上了？」

「你不是知道我在給他們公司寫劇本嗎？」

「跟這麼老的人混多沒勁兒。」

「我在工作。」我的氣不打一處來，他總是能氣著我，我回敬他，「再說也許我就喜歡老的呢?!」

「我早晚會取代他們，你等著瞧吧。」

他自說自話根本不理我，他總是這個樣子，就是在他最愛我的時候，我都有種他在自得其樂，與我無關的感覺。在這點上陳天比他可愛一百倍！我賭氣地想著，不知為什麼感到隱隱的難過。

23

那年徐晨二十八歲，單身，離異，有過一年莫名其妙的婚姻，這場婚姻對大家來說是件滑稽可笑的事，對他來說是什麼我很難確定，因為他對此事的解釋花樣繁多。

第一次他向我解釋說，當時他的小說需要一次婚姻的例證，他便和當時遇到的第一個女孩結了婚。一年後，他的小說寫完，他的情緒也不再需要婚姻狀態，於是便離了婚。

第二次他說，在那之前兩個月他曾向我求婚被拒，他很高興地聽說我在得知他與剛遇到的陌生女孩結婚時極度震驚的反應，認為他的婚結得很值。既然目的已經達到，一年後也就離了。

第三次他告訴我，他當時和那個外號叫「小寡婦」的女孩的關係到了他沒有任何理由不和她結婚的地步，這使他極度恐懼。於是，在「小寡婦」出差到廣州的時候，他把隨便認識的一個並無多少姿色的女孩領回家。第二天早上，當這個第一次和人上床的女孩天真地請求他「咱們結婚吧」的時候，他馬上想到這是個擺脫「小寡婦」的機會，便滿口答應了。

對徐晨，我唯一相信的是他的善意，而對他的解釋則統統不信。我們總是為自己的生活尋找藉口，而我有幸地成為了他的藉口之一。那一陣子他習慣於把他生活中的錯誤和痛苦統統歸罪於我，這足以解釋他為什麼會求婚，而我為什麼會拒絕。好在他離婚這件事的確和我扯不上干係，那一年裡我既沒見過他，也沒打過電話，逃過了成為罪魁的可能。

關於他的離婚倒是有一種比較具體的說法。——「真是奇怪，我所有的朋友都不喜歡她，天天攛掇我離婚。結婚那會兒，我們一直都很窮，去外地裝機器，每天補助才幾塊錢。結了一年婚，在一起也就半年。有一次和老大他們出去玩，叫了兩輛車，我付完了計程車錢，他們那輛車上的人沒零錢，司機找不開，我就過去把錢付了，大概也就二十多塊錢，我老婆就急了，說他們都比我們有錢！後來這點兒事鬧了好幾天，說我不務正業，跟這幫混混來往。我也急了，衝口就說離婚。我老婆也倔得很，搞科技的，一根筋，說離就離了。」

24

徐晨成了作家以後我見到他的機會越來越多了，因為生活圈子的接近。愛眉很喜歡徐晨，以一種鑒賞家的眼光對這個不可多得的樣板懷有興趣和好奇，常常就他的經歷向我問東問西。

我呢，跟徐晨的一個朋友林木談得十分投契，因為我們倆有個共同愛好——愛好吸血鬼。我們經常討論這個話題，比比誰收集的吸血鬼電影多，哪一部最好。林木還喜歡「科學怪人」，我對這個沒興趣，便把偶然買到的一張安迪・沃荷監製的《科學怪人》送給了他。他喜歡科學怪人不奇怪，弗蘭肯斯坦一直是知識分子的道德問題——人能不能賦予其他東西以人的生命，有了複製人這玩意兒以後思考這個問題更加必要了。

吸血鬼不是道德問題，它更本質，所以我還是收集吸血鬼。

我最喜歡的吸血鬼電影人人都喜歡，是柯波拉的《吸血鬼：真愛不死》，林木最喜歡的是二十世紀二〇年代德國導演穆瑙拍攝的《吸血鬼》，傳說那部電影裡的男主角是真的吸血鬼，他每天只在傍晚出現在片場，最後致使女演員在演完此片後銷聲匿跡。

我的身體想獲得欲望的時候便會看《吸血鬼：真愛不死》，它會讓身體的細胞顫動起來，裡面的血液流動著，紅色的，是吸血殭屍的最愛，生命的液化物，它們慢慢湧向欲望之地，湧向你生命中欲望的棲身之所。

吸血鬼電影包含了人類感興趣的一切：愛情和性欲、信仰和背叛、暴力和嗜血、永生和救贖。美麗，恐怖，香豔的傳奇。

在凡赫辛博士帶領眾人搗毀教堂中德古拉的棲身之處時，德古拉化作一陣煙霧來和米娜幽會了。米娜已經睡熟，但她感到了德古拉的到來，她以為自己在發春夢，便順從了自己的欲望，對他說她多麼想他，多麼渴望他的撫摸，無論他是誰，她都要和他在一起，always……她是這麼說的。

如果讓傑瑞米・艾朗來飾演吸血鬼就完美無缺了，我馬上就洗乾淨脖子伸過去讓他咬，讓他的尖牙刺進我柔軟的皮膚吧，讓他的欲望吸乾我的鮮血吧，在你們認為我死去之後我將重生，然後跟著他漫遊到時間的盡頭。完美無缺。只有「永生」這件事有點兒讓人討厭，還是死去吧，在激情迸發的一刻死去，對我來說是最好的死亡。

吸血鬼電影也是上好的三級片題材，有了死亡的映襯，那些俗不可耐的淫聲浪笑具有了一點兒趣味，想想吧，每一次親吻都可能是致命的，色情也變得莊嚴了。

25

酒會一個星期以後，陳天再次打電話約我吃飯。

對話是如此進行的。

「寫個喜劇吧，有沒有喜劇故事？有人要呢。」

「有，要幾個？」

「口氣還挺大，說說我聽聽。」

「現在？」

「現在不行，我還有別的事，晚上吃飯講給我聽吧。」

「吃飯？」

「六點半，你在樓下等我。」

那天的整個下午我都心不在焉，在陽台上曬太陽，在陽光下一個一個地剪著指甲，對陳天這件事我拿不定主意。當然，我認為所有的正經事都是藉口，是他的藉口。而我呢，我希望為自己答應他的約會找到一個藉口。情感的理由是不被認可的，我唯一接受的理由是工作。但是這又說不通，我完全可以對他說「明天公司見」。

最終，還是另一個理由使我安靜了下來，——躲避他的邀請，就是怯懦，球已經拋出來，不接就是失手，這對我的驕傲來說是不能容忍的。

好吧，摩羯座的人是從不退縮的，我害怕什麼呢？我的人生就是為了接受挑戰的。我站在街角，看著他的白色標緻開過來在我身邊停下。

26

我想談談直覺。

我的雙手掌心有著相同的「十」字掌紋，它們和木星丘上「X」一起證明我有著超越眼耳鼻舌身這五種感官之外的感受力，我們通常管這種感受力叫做「直覺」，或者「第六感」。愛眉在她的朋友中進行過一個統計，發現十個人中有九個多多少少都有這種第六感。這充分說明了一個現象——人以群分，這些人像鯨魚一樣向外界發送著電波，尋找吸引他的同類。和同類的人相處有著許多方便之處，至少可以省掉很多口舌，他們通常不需你做什麼解釋就信賴你的感覺而不刨根問底。

基於摩竭座希望把一切理性化的傾向，將直覺理性化成了我的一個沈重負擔。對於直覺這個東西到底在我的生活中應該給予什麼樣的重視、值不值得重視，如果重視應該到一個什麼樣的程度，一直是我難題。

關於直覺在生活中的典型例子是白襯衫事件。

有一個時期我非常熱衷於白色的棉布襯衫，熱中於穿，也熱中於買，看到白色襯衫就要據為己有。這種襯衫穿起來乾淨簡潔，伺候起來則十分麻煩。首先在盛產沙塵暴的北京它一天就髒，最多穿不過兩天，再者它需要手洗，要它白又不能使用含氯的漂白劑，洗乾淨要在陽光下曬乾而不能陰乾，最困難的是要熨燙平整，因為是立體剪裁的樣式，前後都是隨形的褶皺，沒有長期的實踐經驗很難熨平。基於這麼多原因我傾向於把白襯衫作為生活中的奢侈，對自己的奢侈。這十幾件白亮亮、看起來一模一樣的衣服我總是親自洗滌，然後送到外面的洗衣店熨平。說了這麼多你一定明白了，白襯衫甚至體現了我對生活的態度。

有一天我偶然在崇文門的新世界商城買下了一件樣式質地都堪稱一流的白色長袖襯衫，而且價錢合理。我當時從商城穿過實屬偶然，我已經約了人七點鐘見面，在六點五十二分的時候看到了這件襯衫，在四分鐘之內把它買了下來，走到崇文飯店的大堂正好是七點整，那個約我寫劇本的中影公司的人正在大堂裡轉悠呢。

寫劇本的事純屬沒譜，不過我覺得不虛此行，因為買了這件襯衫。晚上回到家，把它拿出來扔在床邊的椅子裡，準備明天送到洗衣店去熨。「369」，從衣服上把標牌剪下來的時候，我看著這個價錢，有個奇怪的念頭：「如果他們把它熨壞，他們會照價賠償。」

第二天下午我把白襯衫送到洗衣店，男店主正忙著，他的小男孩在洗衣店的台階上跑上跑下。

「小心一點兒，不要弄髒了。」我囑咐他。

「放心吧。」

「這太髒了。」我看著他的工作枱，白色的墊布已經變成了灰色。

「我會掛起來熨的。」他保證說。

我對把這白得一塵不染的東西留在別人的髒衣服邊上感到不放心，但也只得如此。

晚飯的時候我去取衣服，他才剛剛熨好，從衣鉤上取下來給我，通常我是繳了錢就走，從不細心打量，因此還丟過衣服。但那天出於奇怪的不安，我把襯衫舉到眼前檢查，馬上就發現了領子上醒目的藍色印跡。

「這是什麼？」

發現了第一處，又發現了第二處、第三處，都在領子的顯要位置。

「怎麼回事？我不是說了讓你小心一點兒嗎？」

「我怕弄髒了，我是掛起來熨的。」店主很委屈的樣子。

很快我在他的蒸汽熨斗上發現了同樣的藍色印跡，店主伸出手去蹭，被燙得猛地收回手。

「小心！」

「是複寫紙。」他說。

是他開票用的複寫紙被熨斗燙化，然後印到了襯衫上。

「我不是說了讓你小心嘛。」我語氣平淡，實際已經氣昏了頭。

「我把它洗乾淨，能弄掉，拿去漂一下就行。」

「不能漂。你不看洗滌說明嗎？上面寫著『不能氯漂』。」

「氯？氯是什麼意思？」

「總之，還有英語，寫著『不能漂白』。」

「白的，白的應該可以漂。你明天取吧，反正我給你弄掉就是。」

最好的辦法就是把衣服拿走。

我拿著衣服走回家的時候沮喪萬分，那沮喪是如此巨大，不像是弄髒一件衣服造成的。那是什麼造成的？

——是直覺。

對，我有直覺，我掌心有「十」字，我食指下面有「X」，我知道這件衣服會有麻煩，從一開始就知道，但是又怎麼樣？我並不能避免，我並不能不使它向壞的方向發展，我無能為力。我一定會把它送到洗衣店，一定是那家洗衣店，而那家洗衣店的店主一定會把複寫紙放錯了地方，或者把熨斗放錯了地方，最終這件白襯衫一定會被弄污了領子拿在我手裡。

這是白襯衫事件引出的另一個命題——宿命。

你相信了掌心的「十」代表直覺，也就相信了宿命。

打著「369」的襯衫標牌還扔在桌子上，那天晚上，我最重要的事情就是清洗這件無辜的白襯衫。我用了各種方法，用含酶的衣領淨，用含光效因子的洗衣粉浸泡，用柔軟的刷子一點一點、不厭其煩地刷洗。我不是在洗衣服，我是在跟宿命作戰。我知道這就是我的人生，我不抱怨，摩羯座的人生便是如此，永不抱怨，

一切的一切都要由你親手挽救。就算它已經一塌糊塗不可收拾，我們也要做最後的努力。

但是直覺，直覺才是一種奢侈，比每天要換的白襯衫更甚。

後面我知道了，那天傍晚我站在街角等陳天的時候我在害怕什麼，但是我無能為力，就像直覺對白襯衫無能為力一樣，直覺對我即將遭遇到的愛情和痛苦也無能為力。

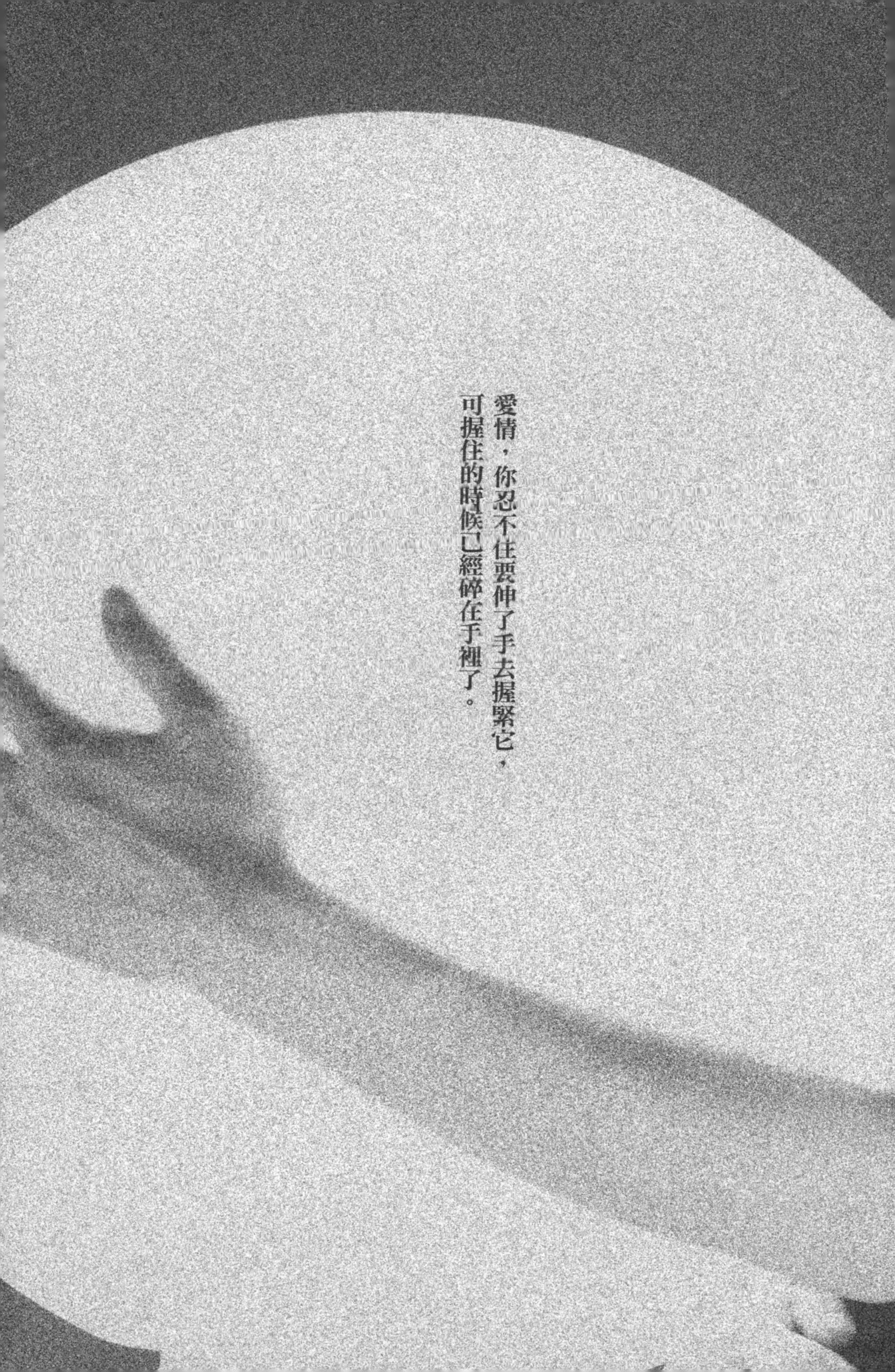

愛情，你忍不住要伸了手去握緊它，
可握住的時候已經碎在手裡了。

27

那天我們去了薩拉伯爾吃韓國燒烤。

出門之前我對自己說：「你到底怕什麼？一次普通的豔遇罷了。」

怕就怕不是！

我隔著吱吱作響的燒烤盤給陳天講了一個小人物的溫情故事，他說不錯，問我還有嗎？我說沒了，我不善於寫喜劇，我頂多善於插科打諢。

他說就先寫這個吧，先把故事大綱寫出來，他去把錢搞定。

「也幫不了你更多了，過一陣子我得關起門來寫東西了。」

「那公司呢？」

「我不想管了，我不是幹這行的料。」

那天晚上他沒跟我貧嘴，一次也沒有，我們漫無目的地說了很多話，服務員不斷地過來添茶倒水，他忽然煩了，孩子似的發起脾氣來：「我說了，讓我們自己待會兒！」後來我漸漸忘了我是來接受挑戰的，忘了坐在我對面的人是我的對手，他看起來那麼溫和穩重，看起來一點兒問題也沒有，你甚至不能想像他有個壞名聲。

從頭到尾他只說了一句過頭的話：「你知道我對你一直有種偏愛。」但是他說的是實話，說的時候又那麼自然、誠懇，幾乎有點兒無可奈何，希望別人諒解似的。於是，我也就只得諒解他了。

他抬起手腕看看錶，九點半，該是送好女孩回家的時間了。

28

改好的劇本按時交到「天天向上」，由他們用特快專遞送到香港。香港的傳真一個星期後到了，說改得很好，No problem。

那天在辦公室，陳天拿了傳真給我看，神情認真地說：「這香港人是不是喜歡你啊？一點兒意見都沒有?!」

我簡直被他氣樂——以己度人！以為香港人跟他一樣，因為對我有「偏愛」就讓他們的四百萬打水漂，他們還真不是這種情種，他們是真覺得好。

陳天好像有點兒不信，不過他有他的原則，從始至終未對香港人說過他在車裡對我說的話。或者從骨子裡講，他看不起他們，也看不起這種電影。

傍晚快下班的時候，陳天拿了個別人送的簡易掌上型電腦擺弄。

「我們有四顆星。」他說。

「什麼意思？」

「看看我們能不能合得來。」

「最多有幾顆？」

「五顆，不過很少見。」

一個四十六歲的男人，如他，竟然玩這種小孩子的把戲真令我詫異，或者他經常和女孩子們玩這種笨拙的小花招，一種調情的表示，像一個十七歲的大男孩幹的。我掩飾著自己的驚訝，很認真地翻譯著顯示幕上的英語，裝著上了他的圈套。

「你們會是很好的合作者，很默契的朋友。」

我不敢看他，我怕他在我的目光中看出了什麼而臉紅，實際上我已經替他臉紅了。

也許就是那天，我替他臉紅，而且被感動了。

「男人只會變老不會成熟。」

想起陳天，我就會想起艾呂亞的這句詩。

29

在天氣熱起來之前，白土珊從法國回來了。

白土珊原來不叫白土珊，她叫白曉惠，土珊是她自己起的名字。

土珊是個水樣的女孩兒，說她是水，不是一個形容，而是她的確是水。她從日本回來的時候低頭順腦，眉清目秀，最是那一低頭的溫柔，不勝涼風的嬌羞。從法國回來則大變活人，渾身曬得黝黑泛光，眼線畫得又粗又翹，舉手投足妖冶嫵媚，穿得就更不必說，在法國也算前衛。真不敢想她去了非洲回來會是什麼樣子！（她自認為應該嫁給一個酋長在赤道附近生活。）

按愛眉的說法，土珊命主水，她的生命被水充盈著，毫無定力，總是隨波逐流而去，所以也就注定一生漂泊無定。

土珊知道以後，決定給自己的命裡加點兒定力，便向愛眉請教。愛眉說這個忙幫不上，她認為凡事都該順其自然。土珊便從愛眉那借了很多書看。

愛眉借了她書，聽之任之。

土珊研究了好一陣子，決定改名叫白土珊，取意高高的土山，來震住她生命中的水。她認真地向大家宣布，希望以後大家都叫她「白土山」，叫得越多，就越有作用。但是，大家都不以為然，有的嫌名字難聽，有的叫了也是為了逗她開心。她自己拿定了主意要去改護照，詢問了幾次知道麻煩重重。慢慢地，新鮮勁過了，

大家重又叫她白曉惠。她自己堅持了一陣子，由於水的本性，也就作罷了。

但是我一直叫她土珊，希望以此幫助她。

當然，肯定收效甚微。

當年土珊跟日本人離婚，打定主意要去法國，原因只有一個——她愛法國。法國肯定有很多可愛之處，至於土珊為什麼愛就不得而知了。反正她離了婚，把小兒子扔給在北京的母親，就直奔法國而去，一年半以後和一個叫錢拉．菲力普的法國老頭結了婚。

那年初夏她從法國回來的時候還沒跟老帥哥錢拉結婚。關於白土珊的故事，基本上要靠愛眉來回憶，土珊自己都忘記了。

我初次見到土姍是一年前，她剛從日本回來，對日本深惡痛絕，完全不明白自己怎麼會去了那種地方，還嫁了個日本人。愛眉提醒她當年如何對日本讚不絕口，風景多麼雅致，生活多麼精緻，男人多麼有情致。白土珊驚訝地看著愛眉斷然地說：「不可能。」

看愛眉被氣得沒法兒，白土珊揮了揮手，沒所謂地表示：「也可能，我忘了。反正現在我一天也受不了那兒。」

以我這個從小記日記，保留每一張紙片的人來說，白土珊就算是沒有活過。我如此執著於記錄自己的行為和感受（主要是感受，那些日記基本不描述發生了什麼事），是希望藉此能夠從中發現一些真相，關於人的真相。觀察別人當然也是一種途徑，但是這比觀察自己要難得多，需要洞察力，也需要對他人的興趣（像愛眉）。作為一個不善交際的人，我選擇了觀察自己。我希望能夠發現我在事情來臨時的反應，對一個人的直覺是否準確，什麼引起我真正的憤怒，什麼是我最念念不忘的，我前後矛盾的行為來源於什麼，等等。

土珊從來不為這個費心，她只生活在當下，生活在此時，對彼時的一切，無論是行為還是想法她既不感興趣，也不負責任。

愛眉和她是大學同學，眼見她如何五迷三道、磕磕絆絆地度過了青春時光，直到三十歲，依然故我，毫無長進。愛眉每提起她以前的事都連連嘆氣，說她是個神人，而土珊則總是沒事兒人似的在邊上笑嘻嘻插嘴：「真的，有這種事？不可能吧！」

土珊兩次在法國被偷了錢包，都是巴黎的街頭和公園裡和她搭訕的漂亮小夥子幹的。想想吧，在如詩如畫的盧森堡公園（無數法國電影裡談情說愛的場面都是在那裡拍攝的），陽光透過栗樹濃密的枝葉斑斑駁駁地灑在石板路上，黑頭髮的法國小夥子遇到一個嫵媚的東方女子，他們互相問候，輕聲交談，四目相對，情波蕩起，一切都是那麼美好。

唯一的問題是，法國小夥子拿走了中國姑娘的錢包。

土珊是無畏的，因為她沒有記憶。在你不知道的時候，忍受是容易的，但你一旦知道你將遭遇到什麼，你就會心懷恐懼。這就是年紀越大的人越缺乏勇氣的原因。

叔本華談論人世的痛苦時說：「人所具有的思考、記憶、預見的能力，是凝聚和貯藏他的歡悅和悲哀的機器。而動物沒有這種能力；牠無論何時處於痛苦之中，都好像是第一次經驗這種痛苦。動物毫無概括此類感情的能力。因此牠們漠然無慮、寧靜沈著的性情是多麼遭人嫉羨啊！」

白土珊是多麼遭人嫉羨啊！

土珊的性情如此可愛，我幾乎馬上就喜歡她了，她去了法國以後便常常向愛眉打聽她的近況，她這次回來，我夥同愛眉免不了和她吃飯聊天，參加些藝術活動。土珊總的來說對藝術一竅不通，不反感，也不感興趣。但愛眉認定她藝術感覺敏銳，非拉著她看話劇，看畫展，買DVD，她也不拒絕，姑且看看。

30

那幾天我常常玩到很晚才回家，才進了屋，電話就響了，我料定是陳天，果然。

「喂，回來了。」

「嗯。你打過電話？」

「打過，你媽媽接的，說你出去玩了。」

「對，出去吃飯了。」

「不跟我吃了？」他聲音裡有點兒委屈，前幾天他打電話來叫我吃飯，我表示說：「咱們這飯是不是吃得也太勤了點兒？」

「總跟你吃也不太好吧。」對他最好的辦法就是有話直說。

「倒也是。」

「你在幹什麼？」

「沒什麼，等你回來，給你打電話。」

「何至於？」

「是有點兒過火，不過是實情。」

我可不打算鼓勵他，沒吭聲。

「你肯定不想再出來吃點兒什麼吧？」

「現在？」

「算了，你該睡覺了。」

「哪兒就睡了，起碼要到兩三點。」

「幹什麼？」

「嗯，愣神，看書。」

「看書。你喜歡看些什麼書？說說看，我對你知道得太少了。」

「現在嘛，我手邊放的是本鄧肯寫的《我的生活》，上大學時候讀的書，前兩天又拿出來翻，有幾段當時還用鉛筆畫了道呢。」

「是什麼？念給我聽聽。」

「真的要聽？」

「嗯。」

「好吧。」我打開書，在桌邊坐下，翻開幾頁，在燈下念給他聽。

「十六歲的時候，有一次沒有音樂伴奏，我給觀眾表演舞蹈。舞蹈結束的時候，有人突然從觀眾席裡高呼：這是死神與少女！從此以後，這個舞蹈一直就叫做《死神與少女》了。這可不是我的本意。我不過是竭盡自己的努力去表現我當時初步認識到的，一切貌似歡樂的現象之中都暗藏著的悲劇而已。那個舞蹈，按我的意思應該叫做《生命與少女》才對。以後，我一直用舞蹈表現我向生活本身，即觀眾稱之為死的東西所進行的搏鬥，表現我從生活中奪取到的短暫的歡娛。」

念完了，他在那邊嘆了口氣，像是咕噥了一句「孩子」，兩個人都不想再說什麼了。

31

早晨十點，是星期天，我被鈴聲吵醒，迷迷糊糊地抓起電話。

「是我，一起喝杯咖啡嗎？」

「幾點了？」

「我在你樓下，剛送我兒子去學畫畫，我們有兩個小時可以喝點東西。」

「才九點！我四點鐘才睡！我什麼也不想喝。」

他在電話裡笑了：「好，睡吧。」

我掛了電話，昏然睡去。

我能夠睡著這一點說明在那一天我並沒有墜入情網。要找出那個感情的分水嶺，分界線，看來並非易事。通常來講，我這個人處事冷靜，頭腦清楚，即使是胡鬧也需徵得自己的同意。只要理智尚存，我就無所畏懼。在我和陳天的關係裡，致命的錯誤是我過高估計了自己的世故和老練。

愛情之於他是經常的愛好，一切都自然而然，並無損害，如同兒時種過牛痘的人，因為有了免疫力便拿著愛情隨便揮舞，怎麼舞都是好看。而我則站在邊上乾看，深知任何愛情都足以置我於死地，所以遲遲不肯加入這個遊戲。

那年我二十六歲過半，和不少男人上過床，但對人說愛只在十七歲的時候有過一次。

我等待著置我於死地的愛情。

32

過「五一」的時候，愛眉打電話來叫我和土珊一起去看馬可的戲。看馬可的戲那兩年沒現在這麼熱門，不過是藝術青年們愛做的事。

馬可把他的排練場視為禁地，不許任何閒雜人等進入，但對愛眉和愛眉的朋友是個例外。愛眉是最早注意到馬可的記者，在馬可初出茅廬時就為他寫過長篇報導。但每次在排練場的聯排都邀請愛眉去並不是因為這個。

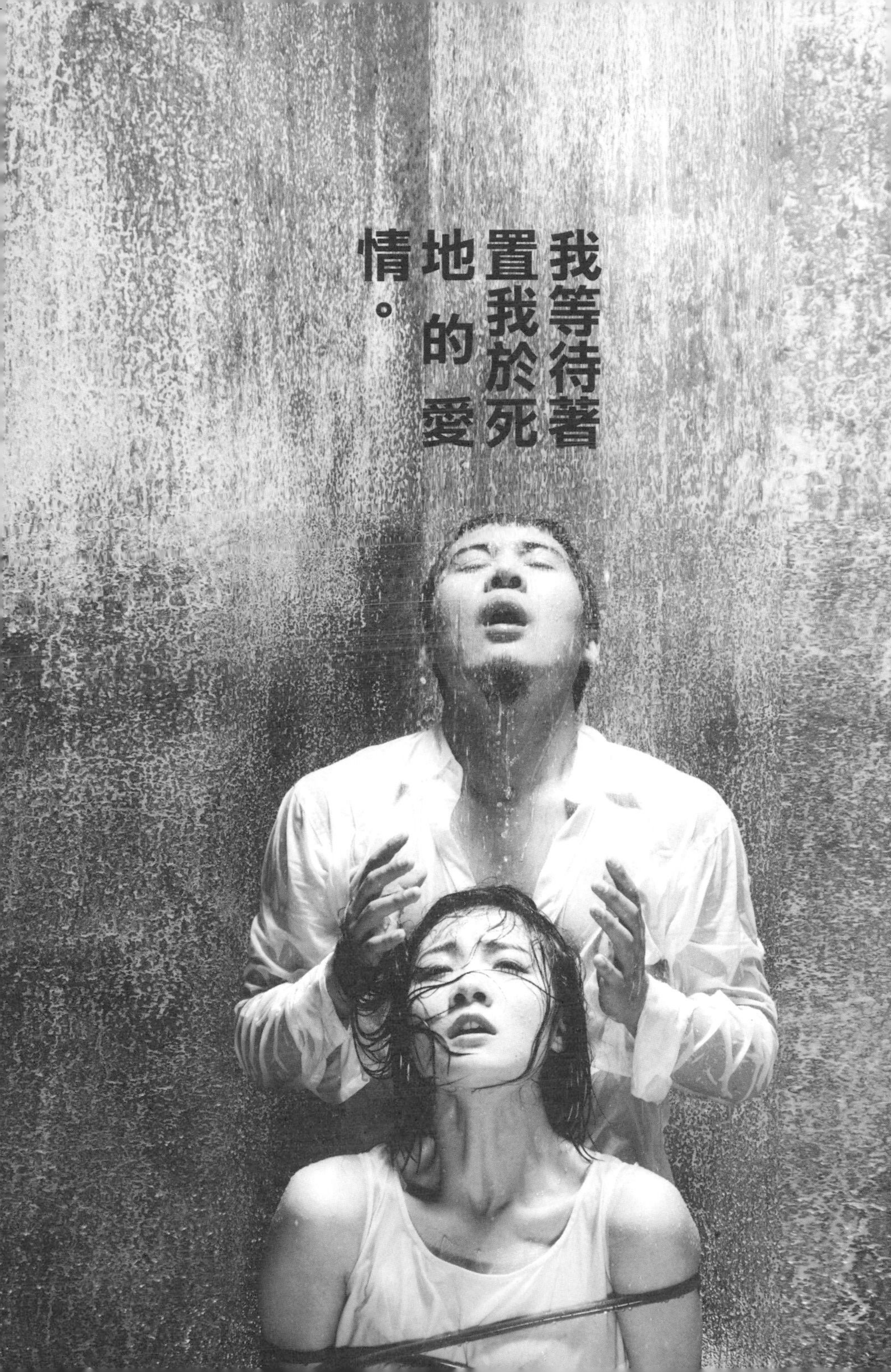
我等待著置我於死地的愛情。

家。

愛眉的身體是一台戲劇檢驗器。

聯排長達兩小時四十分鐘，中間沒有休息，結束的時候已經是下午六點多了。

演員走了以後，馬可摘了他的黑框近視眼鏡走到愛眉身邊坐下，遞給她一個蘋果，又招呼大家。

「吃蘋果吧，我們的規定是誰遲到誰買水果，看遲到的人還真不少，吃不完都快壞了。」

馬可先拿個蘋果吃起來，大家也都跟著。

馬可一邊吃一邊等著愛眉開口。

愛眉終於開了口：「那個短頭髮女演員是誰？我眼睛停在她身上就轉移不了——太難受了。越難受就越想看！」

「是個新演員，你別管那個，戲怎麼樣？」馬可顯然知道什麼該聽她的，什麼不該。

「第三幕中間的時候有點兒恍惚。」

「沒頭疼？」

「我今天狀態不是太好。」

「怎麼？」

「沒有，頭不疼，但是後面，中部後面有點兒精力集中不了。」

「從哪一段戲開始的？」

「從那個女孩上場，不，從有段音樂後面大概半個小時的地方。」

問到這兒就可以了，愛眉從來不說具體的。戲的哪一部分不對頭，愛眉馬上就會有生理反應，不舒服，精神渙散，嚴重的會頭疼欲裂。我們倆在人藝小劇場看過一齣蹩腳的荒誕戲，票是朋友送的，我們坐在正中間。在我如坐針氈的一個半小時裡，親眼看見愛眉在我旁邊用礦泉水吃了兩次止疼藥。那以後，我們相約永遠封殺這個導演。

那天我、土珊和愛眉看完馬可的戲一起吃晚飯的時候，一直在討論到底是人身上的什麼東西會引起我們的好惡。愛眉和我討厭戲中那個短頭髮的女演員，而土珊則對一個看起來很可愛的男演員一百個看不順眼。我們斷定那個並不認識的女演員是個是非精，而白土珊則指責那個男演員不誠實。我們為這兩個毫不相干的人費了不少口舌，直到完全天黑才各自回家。

回到家我先去父母那邊報到，正好老姊過節回娘家來了，一進門就遭到她一通搶白。

「你年紀也不小了，不能總是這麼沒譜！想起一出是一出！在家裡你小可以，外面做事別人可不把你當小孩，不守信用別人怎麼能相信你？不相信你你還做什麼事？」

「這是哪兒跟哪兒啊？」我莫名其妙。

「你跟人家約好了為什麼還出去？」

「誰啊？我跟誰約好了？」

「一個姓『陳』的！就這麼一會兒我接了他三個電話！說你們約了晚上談劇本，可他找不著你！」

「陳天？」

「看，完全忘到腦後去了！還不快給人家回電話！」

我最好的辦法就是什麼也不說，跑回自己的住處。

可惡的陳天，編這種謊話！想不出更高明的嗎？害我有口難辯，遭一頓訓斥。又出什麼事了？他昨天打了電話，說過節家裡的事會很多，這幾天就不給我打電話了。其實他沒必要交代，我們的關係到不了那一步，也許他打定了主意要這樣對待我。

「喂，我是陶然，你找我嗎？」

「嗯，你回來了。」

他的聲音聽起來有點兒不對勁，我打消了和他貧嘴的念頭。

「我去看戲了，你怎麼了？」

「我一整天都在想你。」

我沈默以對。

「出來好嗎？我想看看你。」

「你在哪兒？」

33

晚上十點的時候，陳天的車開到了樓下。

他看起來溫柔而憂傷，是我鍾愛的神情。

「你怎麼了？」

「其實看看你我就可以回去了。」

「找個地方坐會兒吧。」

他點點頭，發動汽車。

「我從來沒對你說過我自己的事吧？」他一邊開車一邊說，並不看我。

「沒有。」

「我想跟你說說。」

「嗯。」

「我總是會陷入這種尷尬的境地！」

他看起來緊張而沮喪，我等著他往下說，他好像不知道如何開始。

「一會兒吧。」

他自己的事情是跟女人有關的，大家都知道他有老婆孩子，也知道他不和他們住在一起，他有另外的生活，另外的情人，總之，麻煩多多。

我們在附近的酒店咖啡廳坐下來的時候，他已經安靜了許多。

「帶兒子去哪兒玩了？」我想該談談輕鬆的話題。

「去釣魚。」

「收穫怎麼樣？」

「不怎麼樣。想著你心不在焉，魚咬鉤都不知道。」

「是在魚塘裡釣嗎？」

「對。」

「那就下網撈吧。」

「不是那種小魚塘，很大。下次我們一起去。」

「好。」

他在對面笑了笑，很疲倦的樣子，說：「你總是能讓我安靜。」

他對我講起他的父母，他小時候他們之間的衝突。他父親是正統的老文字工作者，曾是一家大報的主編，而他從小就是個叛逆，他們的衝突持續了很多年，直到後來才發現他們都以對方為驕傲。

「我父親曾經對我母親說，這孩子別的我都不擔心，只恐怕會在『女人』方面有諸多麻煩……」

「他說對了？」

「是，當時我可不理解，我才二十幾歲，剛開始談戀愛。」

「他目光敏銳，看到了你還沒覺察的東西。」

是。

他沉默了片刻，我想他認為自己永遠成不了他父親那樣的人了，他在心底為此感到難過。

「我想讓大家都高興，但是這是不可能的。不管是不是出於好心，辦的總是錯事。」他沒頭沒腦地這麼說，「等我把這些亂七八糟的事解決完了，你早就結婚生孩子了。」

我能說什麼呢？

「我會去英國待一個月，跟我去嗎？」

我搖搖頭。

「想想，還有時間，想去了就告訴我。」

我笑了笑。

到底他為什麼事沮喪，被什麼事糾纏，他最終什麼也沒說，我什麼也沒問。現在想起來，我們在一起的那一年時間裡，我從沒問過他任何問題。有幾次，他試圖說起，我想他甚至希望我問上一句好繼續這個話題，但是我終於還是問不出口，他說到哪兒我聽到哪兒，是出於尊嚴吧。我不問，就是說我和他身邊其他的女人沒有關係。

他像往常一樣送我回家。

「對不起，太晚了。」

「哪裡，我經常這個時間出門呢。」

「別那樣。」

「『別那樣。』」我學他，「這話是我媽愛說的。」

「我比你大二十歲，你以為我沒想過這個？」

「有意思，就是說你已經談戀愛了，我還在羊水裡閉著眼睛呢！」

「說得真殘酷。」

「得了，沒那麼可怕！」

他沒搭茬兒，忽然伸長手臂握住了我的手，我沒有動，他也沒有再出聲，就這麼一路開到了我們家樓下。

陳天剎住車，才鬆開我的手換了檔。

那天晚上我回家以後，很想打個電話給他，因為剛才標緻車裡的氣氛著實異樣，我想我該開幾句玩笑把那曖昧的氣息消解掉。但他的電話一直占線。我知道那是他的麻煩在占線。

又過一天晚上，我打電話給他，他在電話裡語氣生硬，非常地不耐煩，說了一句以後才發現是我——他把我當成另一個女人了。我當時暗下決心，永遠不讓他對我用這樣的語氣說話！如果拒絕他的愛情能夠達到這個目的，那麼就拒絕他。

拒絕他，我打定了主意。

但是他要求了什麼？可拒絕的只有親近和好意。

34

《小童的天空》已經定稿，香港人正在籌畫合拍事宜，我沒有什麼公事要去見陳天了，我想不見也好。

我接了別的工作，非常忙碌，除了簽合同拿錢幾乎足不出戶。

作為一個初出茅廬的編劇，那兩年我基本沒有拒絕別人的可能，什麼工作都接，什麼苛刻的條件都答應。到現在落下了惡果，就是喜歡拒絕別人，而且總是提出苛刻的條件。特別是對那些年輕導演，毫無同情心，絕不手軟。不折磨年輕人，年輕人怎麼能夠成長？

一個性情嚴肅的人，像我，要完成那些一次又一次沒頭沒腦的討論、交涉、談判、扯皮、討價還價，真不是一件容易的事。每每有人稱讚我善於和人打交道，我都懶得申辯。誰也不知道，我在進門之前，在我對人笑臉相迎、伶牙俐齒之前，我要對自己說：「一、二、三，演出開始了。」誰讓我答應了自己要扮演好自己的角色呢？

我和各種各樣的人打過交道，勢利小人，最無恥下流的，自以為是的，看來冷酷傲慢卻心地純正的，什麼樣的都有。我實在不善此道。

35

再說說徐晨吧。

徐晨成為作家以後一直向我索要當年他以情書轟炸的方式寄給我的情書，我一開始很自然地答應了，但因為需要翻箱倒櫃，還要把它們和其他人的情書分揀出來，實在麻煩得懶得去管。這些是我準備老了以後再做的事。可他三番五次地提起此事，如此急切我倒有點兒懷疑起來——何至於此？

「還給我吧，我都不敢出名了。」終於有一次他說了實話。

「活該，誰讓你當時寄給我的？讓我難堪了好長時間。」

「我錯了，這個錯誤的歷史就讓我們一筆抹掉吧。」

「那你敢不敢在你的書裡寫我？」

「不敢。」

「你答應永遠不寫！」

「我答應。」

他答應得這麼痛快，絕對有問題！並不是說他存心騙你，可是雙魚座的人從來都是主意一會兒一變，什麼時候說的都是真心話。我知道他還答應過其他女孩不把他們的愛情當成小說素材，並且當場把寫好的部分從電腦裡刪掉了。但是，結果呢，他的電腦裡另有備份！

狡猾的雙魚！

「我考慮考慮。」我答覆他說。

「可你以前都答應了！」

「我改主意了！你不是也常常改主意嗎？」

「好吧。這只是一個小要求，如果你對我有什麼要求，我肯定是會盡力滿足你的。」他最後來了個感情要挾。

他索要情書這件事真是讓我百思不得其解，他總不至於真的以為我有可能公布他的情書吧？他要是真這麼以為，我還真就不給他了！

事情到這兒還不算了結。

幾個月以後在一本雜誌的聯誼會上碰上他，因為現場正組織來賓進行拔河比賽，我們只得坐到了一邊聊天。

「我希望我的書讓別人得到安慰，得到幫助。我是認真的。」

「當然。」

「當然我也因此得到好處，但最本質的目的是追求真理，其他不過是附帶的好處。而且也不一定有好處，也許我會為了寫作毀了我的生活。」

「你是這麼幹的。」

「有時候我想，應該把咱們倆的故事好好寫出來。你想想，有多少天真的年輕人遇到與咱們一樣的苦惱而得不到幫助，我們有責任……」

「想都別想！」我粗暴地打斷他，警惕地說。

「這只是我的一種想法，我正在考慮。」他用玩笑的調子總結說，然後開始就一個熟人的女朋友大加諷刺，一直到各自回家也沒再提這倘事。

「他不是認真的吧？」我到家喝下了一杯水以後又想起了這事兒。他肯定是認真的！這個狡猾的雙魚座，弄不好，他已經開始寫了，甚至已經快寫完了，他做得出來，好像漫不經心地說起，其實心裡早就打好了小算盤。看，我比以前瞭解他了。

我毫不遲疑地抓起電話打給他：「你要寫我，咱們就絕交！」

「我暫時還不會寫到你，我要寫的東西還很多。我會考慮你的話的。不過，」他以作家的傲慢態度補充說，「如果我決定了，什麼也攔不住我。」

「當然，我相信你幹得出來。我只是想告訴你，我跟你不一樣，我的想法不會隨著時間的推移改變。等你準備寫的時候，別忘了我的話就行了。」

「我明白你的意思，我會慎重考慮的。」他答應說。

這個電話就這麼結束了，因為氣氛有點兒嚴肅，不便於暢所欲言。後來我們又談到過這個問題，他總結說：「你不要在意是寫你好還是不好，你要注意我寫得是否真實。」

「向一個B型血雙魚座的人要求真實，那可真是癡心妄想！」

他也有點兒拿不準了：「至少我努力。」

「我不想把自己的形象建立在別人的努力上。」

「別人並不知道你是誰，你只是小說裡的一個人物。」

「你還要說我會因此不朽吧！實話告訴你，我討厭被別人描述！無論是好，還是壞，都一樣。你在搶我的東西明白嗎？我的描述是屬於我自己的！那些不善表達的人可能不在乎，因為他們缺少這個本領，他們也許還巴不得被你描述呢！但是我不——願——意。」

「原來是這麼回事。」

他沈吟著，有點兒猶豫。為了徹底斷了他的念頭，我繼續威脅他。

「你要是敢寫我，作為報復——我會把你留在我這兒的情書拿去發表。」

「那只會讓更多的女生發現我感情真摯，她們會更喜歡我。」

「我肯定會揀其中文筆最差，感情最誇張，最愚蠢可笑的發表。」

「她們不會相信的，她們會認為你是為了出名而耍的花招，也許倒會敗壞你的名譽。」

「那我們就試試看吧。」

「我有名，有名就說明說話的機會更多，她們就更容易相信我。」

「同樣的事情，有名的人會比沒名的人受到的傷害更大，因為影響肯定更廣。你仔細想想咱們倆誰更有名？」

「可你也仔細想想咱倆誰更重視名譽，我可是以破罐破摔聞名的。」

「不過就算破，你也總希望是自己摔的吧，別人來摔你想想那滋味……」

「我的人生就是用來接受打擊的，你做過這種人生準備嗎？沒出手我就已經先勝了一招。」

……

在鬥嘴方面我一直不如他有才能，等他講到這件事如何徹底毀了我的人生，給我帶來各種各樣的不幸以後，我再也聽不下去了。

「好吧，我們的互相傷害到此打住吧。我們肯定都有這方面的才能，不說我也知道。」

那以後我們再也沒有談到過這件事，我們都避免談起。

36

半年以後，徐晨的新小說出版了，我們的故事暫時還沒有列入他的寫作計畫，或者說他暫時讓它擱置了。（他抱怨說其實他已經寫了兩萬字，鬧不好他要情書就是為了寫書。）但是我知道，終究有一天他會寫它，你不可能阻止一個為表達而生的人只感受而不去表達，畢竟他可以要求作家的權利，這甚至是他的義務呢。

讓一個人放棄他的權利和義務可不是一件容易事，在道德上也說不通。最終，我想到一個主意，就是把我和徐晨的討論如實地記錄下來。我的「如實」當然也僅僅是一種努力，這種努力的成果一直是值得懷疑的。

這件事情其實並不簡單，它跟人生的意義，寫作的目的，真實的標準，主觀和客觀，物質世界和精神世界的關係，這些基本問題都有關係。（當然，所有的問題歸結到最後都是這些基本問題。）

我知道很多人是因為成為小說中的人物而不朽的，于連·索黑爾、被稱為「茶花女」的瑪麗·杜普萊西，甚至吸血鬼德古拉伯爵。他們都曾經真實地存在過，但這不重要了，他們因為成為別人構想的另一個人而不朽。

伊利耶——普魯斯特書中美麗小城貢布雷的原型，一九七一年起竟改了名字叫做伊利耶—貢布雷，這就是描述的力量，伊利耶只是個不為人知的小城，而伊利耶—貢布雷，這個文學的產物卻名留青史。要被記住，一個人的記憶必須成為公眾的記憶。

曾經有一個黃昏，我在巴黎蒙馬特公墓尋找茶花女的墓地。密密匝匝豎立的墓碑中，她的墓並不難找到，守墓人畫出路徑，旅遊指南上有標識，墓碑前甚至有鮮花，這一切不過是因為她被一個叫做小仲馬的人描述過。這就是描述的力量，我深知這種力量。——她失去了自己的真實面貌，卻獲得了不朽。

關鍵是沒有人關心她是否願意這樣。

一群跳舞的女孩子拿著徐晨的書互相對照，哪一句寫的是我，哪一句寫的是你，徐晨認為她美麗嗎？或者他曾經差點兒愛上她……她們都以此為榮。

徐晨說：「我應該多寫點兒，沒有寫到的人還很傷心呢。」

「你就是那種比照片還好看的人，你就是那種睡著了也好看的人，你就是那種能讓我笑出聲的人，你就是那種不要音樂也可以在北京骯髒的燈影裡跳舞的……」

我相信很多人私下裡都希望能夠被人如此讚美。

當然也很有這樣的可能：他的描述使你無地自容。因被徐晨寫進書裡而跟他絕交的人有那麼幾個，心存積怨的人就更多，比如那個被他叫做「天仙」的女孩，在關於她的小說出版以後從他們的朋友圈子裡消失了好一陣子。

徐晨有過一個年輕女友叫小嘉，偶然在酒吧裡遇到徐晨書中的「天仙」，小嘉年輕氣盛，看到「天仙」很不服氣，湊到徐晨耳邊說：「這就是比照片還好看的人？這就是那種睡著了也好看的人？這就是那種不要音樂也可以跳舞的人？她要是天仙，我就是天仙的頭！」

徐晨被小嘉說得哈哈大笑。

37

我私下以為，徐晨像歌德和里爾克一樣，寫作時把光輝的女性視為潛在的讀者。像歌德一樣，他勾引純潔少女，讓她們失去童貞，遭受痛苦，然後為她們唱一首優美的輓歌。

看看浮士德是怎樣對待葛麗卿的吧，引誘她，讓她懷孕，迫使她殺母弒嬰，被判絞刑，在監獄中發瘋，死於瘋狂。而最終，她才能作為永恆的女神引導男人迷途的靈魂進入天堂，這就是光輝女性的命運，這就是男性社會賦予我們的美感。

除非我們有更加強大的精神力量與之抗衡，否則就得接受這種美感。

多年前徐晨就向我說起，他總是在夢中見到一個女神，這個縹緲仙境中的女人從小到大一直伴隨著他，有時候她生在一個氣泡中，輕盈無比，帶著她的氣泡在天空和河流行走，在陽光下變幻五彩的光暈。他把她當成他的夢中情人，完美愛人，在現實中不懈地尋找，希望有一天奇蹟出現，他便不枉此生。

徐晨有自知之明，他知道他的書就是春藥，會吸引無數渴望愛情的女人上前辨認他，尋找他，或者僅僅因為好奇過來看上一眼，不管是哪一種，他便會有更多的可能找到更多的女人，而他完美的愛人肯定就藏在這更多的女人中。

我對他說，他所有的書都可以用齊克果的一本書的名字概括——《誘惑者日記》，他則委屈地回答：「你以為那容易嗎？那也得找到好的被勾引者！」

因為看了徐晨的書而愛上他的女孩都希望成為他的傳奇，他也希望有這樣的傳奇。但就是這樣心往一處想，勁兒往一處使，要成為傳奇也並非易事。徐晨知道這個，他比年輕時頹廢了很多，大概就是明白，他也許永遠遇不到他夢想中的完美女性了，但他並不準備放棄，依舊以薛西弗斯推石上山的勇氣繼續堅持下去，繼續找下去！

38

五月最好的日子，我被關在遠郊的一家飯店裡寫電視劇，直寫得我暈頭脹腦，整日噁心。陳天常打電話到飯店的房間慰問我，聽我罵罵咧咧地抱怨這個傻X，那個傻X，他總是笑，我的一切倒楣事都成了他的笑料。我漸漸習慣等他的電話，需要他的聲音，我只能說是被那個倒楣的電視劇逼的。

陳天在電話裡給我講了很多他小時候的故事。

陳天小時候家住在報社的大院子裡，前院住了當時一個著名的作家蔣憑，陳天小時候非常淘氣，常常爬到蔣憑的後窗外玩。蔣每次聽到後窗有響動就會問：「是小天嗎？」然後打開後窗讓他進來。他可以在蔣家東遊西逛，只是不許進蔣的書房。他因此覺得那書房十分神祕。蔣說：「等你到了看書的年紀，我會給你準備的。」後來「文革」來了，院子裡的氣氛變得很怪異恐怖，有一天蔣把陳天領進家，走進原本不許他入內的書房，桌子上擺了很多書。蔣說：「這些書你拿回去吧。」陳天說他當時覺得太多了，不願意拿，便說要回家問問母親。第二天，紅衛兵來了，蔣憑被他們帶走，門上貼了個大封條。沒過幾天傳來消息，讓家屬去認領屍體，蔣憑自殺了。陳天在一個傍晚再次爬到蔣家的後窗，透過窗格看著堆在桌上的那些書，為他準備的書。

陳天十二歲開始抽菸，他用各種辦法去弄菸，偷父親的菸，省了早飯錢買菸，甚至抽過茶葉，有一次他正在他家大院附近的一條死胡同裡夥同院子裡的孩子抽菸，被他媽當場抓住，回家被父親暴打一頓。他十七歲那年，和那時候所有的年輕人一樣戴著大紅花坐火車走了，父親去車站送他，給了他一條中華菸。

陳天在雲南的時候得了痢疾，幾乎死掉。隊長看他實在不行了，開著隊裡的拖拉機咣噹了八個小時把他送到景洪。在景洪醫院的門口，要人扶著才能站起來的陳天遇到了他們學校的一個女生，他的初戀，他們站在醫院門口聊了一個小時，他的病奇蹟一般地好了。這是他第一次看到愛情顯示的力量，甚至能治好痢疾！

還有許多故事，他的流氓無產者的叔叔、當警察的舅舅，我都忘記了。我喜歡他的故事，也喜歡他對我說話的方式。

當然，我也諷刺自己，我在自己正在寫的劇本裡寫了這樣的台詞。

——小女孩喜歡年紀大的人，是因為她們急著要證明自己已經長大成人了。

——吸引女人最簡單也是最好的方式是給她們講你痛苦的過去。

——你既想當孩子，又想當愛人，如此而已。

中間我回過一次城，我很想給陳天打電話，非常想，但是我沒打，我撥了亞東的電話，我已經有一陣子沒見到他了。

我想我可能只是需要做愛，需要放鬆，並不一定需要陳天。

亞東從我那兒走了以後，我打電話給製片主任說：「我不去密雲了，我要在家寫。這樣還給你們省了飯錢和住宿錢呢。」

我不管他同不同意，我反正不去了！

39

初夏有許多晴朗美麗的日子，陳天在辦公室裡坐不住，下午打電話過來，問我想不想去釣魚。我說好啊。我不承認，但我想看見他。

他開車接上我，說要回家去拿魚食。開到安定門的一片住宅區，他停了車對我說：「我上去拿魚食，你可以在車裡等我，也可以上去看看，要是你覺得不恰當就在這兒等我，我一會兒就下來。」

我何至於這麼謹慎，自然跟他上去。

房子不大，是個單身漢的家。我在客廳裡站著，四處打量，他在冰箱邊倒騰著他的魚食。不知道什麼時候，他已經來到了我身後，悄無聲息地抱住了我。

房間的燈很亮，非常刺眼，但是在我的記憶裡卻又是一片黑暗，我想我肯定是閉上了眼睛。我發現自己靠在他懷裡，自然而然，毫不陌生，我的嘴唇碰到了他的脖子，額頭頂在他的腮邊，我感到他的溫度，黑暗中他的氣息和欲望都如此接近，我想我一直拖延的事情終於發生了……

但是，他非常小心地放開了我。

後來我們去釣了魚，收穫不小，有鯉魚有鯽魚，我拿回家交給老媽吃了好幾天。

我得說我昏了頭，車開出去很久，我還在愣神。

我當然可以，有我和他在一起的一半好感就已經有足夠的理由上床了。我聽見了他的欲望在我的耳邊喘息，我的身體在他的手中柔軟而順從地彎曲，但是他居然放開了我。

去釣魚的路上，陳天把車停在一家書店門口，讓我在車裡等一會兒，自己進了書店。

十分鐘以後，他拿了兩本書出來了，交在我手裡——是他的小說《田園》和《我的快樂時代》。

「只有這兩本，其他的以後送你。」

「不簽名嗎？」

他想了想，拿了筆卻不知道該怎麼寫，我在旁邊笑。

「笑我！不寫了。」

「寫吧，以後我拿出這兩本書會想起你。」

他知道我說得對，那肯定是我們最後的結局，便重新拿起筆，一筆一畫地寫：「送給陶然——陳天。」

書交到我手裡的時候，他的手放在上面不肯離開。

「如果我們的觀點不同，你還會喜歡我嗎？」他問。

這話過於孩子氣了，我反而不能拿他取笑。

「我喜歡你又不是因為我們的觀點一致。」

這是實話，我甚至沒有看過他的書，也不知道他到底持的是什麼觀點，那是我第一次承認我是喜歡他的。

「我想你會喜歡《我的快樂時代》，不一定喜歡《田園》。」

他開著車自言自語，獨自猜度，自信全無。

40

我被關於陳天的念頭糾纏。

我弄不清自己的感受，看不到他的時候，一切都很有把握，我很明白自己應該怎麼想怎麼做。可是面對他的時候我竟然難以自制，竟然會心跳臉紅。這些描述聽起來都可笑，像個不諳世事的小丫頭，哪有一點兒情場老手的作為。丟人！我就這麼敗下陣來了？事情是明擺著的，陳天簡直可以說就是麻煩的同義詞。比我大將近二十歲，有個不肯離婚的老婆，一個愛吃醋的情人，一個盡人皆知的壞名聲，跟他發生任何瓜葛都是不允許的。

我想了各種話來諷刺自己。

例如：要贏得這種女孩愛情的唯一辦法就是不跟她們上床。

再例如：讓你們這種自以為是的女孩刮目相看的辦法就是你以為他會這麼做他卻偏不這麼做。

再再例如：你不過是逢場作戲的把戲玩多了，想搞點兒古典愛情了。

但是無濟於事。

想起以前的事，他或許骨子裡是個純真的人，八年前，我記得有一次看見他坐在圖書館門口的台階上，耐心地等著那個上課的女研究生下課。我這麼想的時候，發覺自己竟對他充滿了憐惜。這種稱為諸的情感賴是可怕的，說明纖入了我心中柔軟的部分。

無論他出於何種理由這樣做，他已經跟所有的其他人不同了。

逃開吧，如果還來得及。

亞東打電話來的時候，我正在房間裡發呆。我又有一陣子沒給他打過電話了，他一直遵循我們的預設值不主動給我打電話，但時間長了，他決定看看有什麼不妥。

我跟他說沒什麼事，就是最近太忙了。他等著我開口，我便說，你一個人嗎？他說是，老婆出國了。好吧，就去你那兒。

我已經不願意別人再到我這兒來，而且我怕陳天會打電話。

和亞東上床的時候，才發覺我對陳天的欲望竟是如此強烈，不只是情感的欲望，而是確切無疑的身體的欲望，我被這欲望驚得目瞪口呆，倉皇失措。我盡了努力讓自己專注於所幹的事，甚至表現得更加瘋狂，但是我知道我身體裡蘊藏的欲望與亞東無關，我皮膚上浸出的汗水也與亞東無關，他那年輕的身體，漂亮的線條已經失去了全部魅力，我大叫著要他把燈關掉，這不是我的習慣。

我感到羞恥。

深夜我精疲力盡，沮喪萬分地回到家。

我在燈下讀陳天的《我的快樂時代》。

那書像吹一支幽遠綿長的笛子，不急不躁，娓娓道來，平實自然，體貼入微，細是細到了極處，像是什麼也沒說，卻已經說了很多。句子裡看不見他慣常的調笑腔調，非常善意，心細如絲，我在字裡行間慢慢地辨識他，讀懂他，那個裡面的陳天。

41

在一個小鎮上有一對年輕的情人，他們是如此相親相愛，和諧美滿的一對，簡直就是上天為讓人識別幸福的模樣而精心製造的樣板。但是有一天，他們忽然在花園裡雙雙自盡了。沒有人知道是為什麼，在他們的愛情裡沒有任何世俗的和自然的阻礙，他們已經訂了婚，雙方的家庭都滿懷欣喜地等待著他們的成親。但是他們沒有留下任何話就那麼簡單地死了。鎮上那些愛嚼舌頭的人開始猜測兩個年輕人一定做了什麼不光彩的事，女方的家長為了證明女兒的清白，請了人來驗屍，發現那死去的女孩還是處女。

唯一的解釋是——他們的愛情太過美麗，生命裡容不下如此純潔美好的東西，保持它原封不動的最好方法就是把它及時毀滅。

我已經沒有力量及時毀滅這愛情以保證它長久如新。

如果毀滅注定要來，就讓它毀滅我吧。

42

我在飯館吃飯的時候有個習慣，熟悉我的人都知道，我從不吃剛上的菜，從來不會和大家一起把筷子伸向剛端上來的魚或肉，或任何東西。我說是教養，他們非說是怪癖。無論是什麼，這說明瞭我對待事物的態度——在最初，我總是有所保留。

我已經沒有力量及時毀滅這愛情以保證它長久如新。

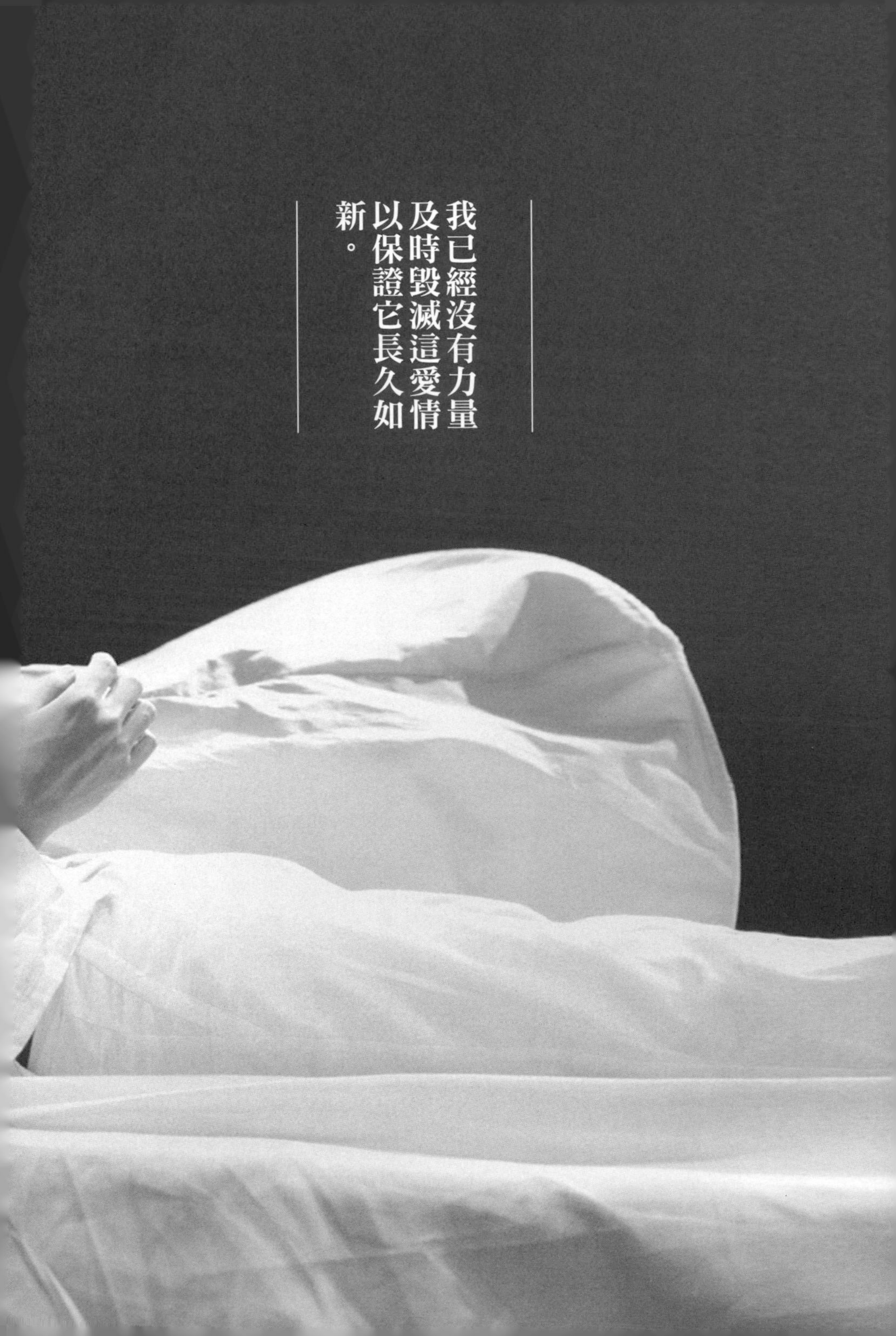

這個習慣儘管奇怪，卻沒有像另一個習慣那樣給我帶來麻煩，那就是接到別人禮物或者接受別人好意的時候，我和別人的表達方式不同。

在我不滿二十歲的時候，有一次徐晨為了看到我欣喜若狂的樣子，在冬天不知從哪兒買來了一束鮮花。那年月，全城沒幾家花店，買花的事在學校可算是聞所未聞。但這本可引起轟動的浪漫行為並沒得到預期的反應，我以出奇的平靜接受了鮮花。徐晨一直對這件事耿耿於懷，在我們分手時還特意提起，以證明我的冷漠無情。我並不是不欣喜若狂，但我羞於表達，我認為因為收到別人的禮物就欣喜若狂有失體面，當眾表現出來就更不可取，所以通常越是欣喜便越是冷淡。後來我才知道別人都不這麼想，我對別人禮物的回報必須是欣喜若狂，於是便模仿著別人，模仿著電影的女人開始大聲尖叫：「真是太美了！這是我收到的最好的禮物！」以後，沒有人再抱怨。

我知道許多人習慣誇大他們真實的愛意或好感，而我習慣於掩飾。

所以，你應該明白，為什麼「克制」對我來說是最值得尊重的品質。

克制是尊嚴和教養的表現，必須借助於人格的力量。那些下等人總是利用一切機會表達發洩他們的欲望，而軟弱的人則總是屈從於欲望，他們都不懂得克制。

在這麼一個張揚個性的時代，更加沒有人視克制為美德。

對陳天的愛情我準備放棄反抗，不再掙扎，聽之任之，因為他的克制，他便應該得到獎賞，得到他想要的一切。

43

還有一個應該揀出來說的詞是「不安」。

不安感是我人生的支柱，一切事情的因由。為了消除這種不安，我拚盡了所有的力氣。年輕時放縱的日子，尋根溯源也是來源於此。我尋找刺激和不同的狀態，是因為我害怕我的生命空空落落，唯恐錯過了什麼，唯恐那邊有更好的景致，更可口的菜餚，更迷人的愛情，更純粹的人生，於是便怎麼也不肯停下腳步，匆匆扔了手邊的一切向前急奔而去。後來我才知道，沒有更好的東西了。這裡沒有，那裡也沒有。

我什麼都明白，但是我抵擋不了那種不安，不安把我變成一個傻瓜，出乖現醜，做盡蠢事。即使在幸福中我也是不安的，因為幸福終將改變。保持不變不是宇宙的規律，如果你已經感到幸福，那麼它後面跟來的多半就是不幸。

我在房間裡等陳天的電話，每天傍晚，如果他沒有按時打來我便坐立不安。我開始像一個初戀的小女生一樣誠惶誠恐，患得患失，對此我又是氣惱，又是無奈。

但是這還僅僅是開始。

我們經常見面，至少一星期兩次，有時候他一天打來五、六通電話，為了接他的電話我整天不離開房間。我們一起吃飯、喝茶，互相注視，然後他繞最遠的路送我回家。那段日子他堅持一隻手開車，另一隻手始終如一地握住我的手，從未鬆開。除了那次因魚食而起的擁抱，我們再沒有更多的親暱。

他曾試圖解釋他的態度：「對你不公平，我身後亂七八糟的事太多。」

他提出的要求更高：「不要升溫，也不要降溫，不要遠也不要近，就這樣，好嗎？」

我說了「保持不變不是宇宙的規律」，他也一定懂得這一點，在開始的日子裡他害怕冷卻，後來的日子他則害怕我沸騰的溫度毀滅他的生活。

當然，那是以後的事情了。

暫時我們還一門心思地持著手在三環路上兜風。

44

再說我的寫作生涯。

在被愛情襲擊的日子裡，我一直堅持把那個倒楣的電視劇寫完，在胡思亂想、神志不清的時候曾經打過自己耳光，不是輕描淡寫地，而是下手很重地，我對自己十分嚴厲。

這個關於城市白領如何克服重重困難獲得成功的冗長電視劇我寫得十分痛苦。每一次起身後再重新坐下，都要下很大的決心才能開始遣詞造句，安排那些無聊的場景。這是一種機械勞動，與我對這個世界的感受無關，也不表達我的任何觀點，說的根本不是我想說的話，要寫出三十萬字這樣的東西，實在是件痛苦的事。我只能在一些小地方細心雕琢，留下一點自己的痕跡，但那是無關緊要的東西，在這龐大的、無聊的故事中無足輕重。

這不是寫作生涯，這只是賣苦力的生涯。

我對自己說我不能一輩子做這個！

45

香港人希望陳天來監製《小童的天空》，而陳天正準備閉門寫作，想拒絕又礙於「天天向上」的利益不便開口。我知道最好的辦法就是告訴香港人按原計畫自己拍攝，不必麻煩陳天，但這不是我應該說的話，隨他們的便吧。他們今天一個傳真，明天一通電話地糾纏著，我則與陳天糾纏不清。

夜裡十一點，陳天開了車到我去交稿拿錢的劇組接我。

「你那個壞名聲！」

「怎麼？」

「剛才還有人問我，陳天現在和哪個女孩在一起呢？」

「你沒回答說『和我在一起』？」

「這不可笑，我不想出這種名。」我說。

「我知道。」

我們兩個都沈默了，各自想著心事，他的手依然拉著我的手。

我忽然意識到和陳天在一起對我意味著什麼——在我成為一個有口皆碑的編劇為人所知以前，我會因為這個出名。

我不願意。

「我們以後得注意。」

送我到樓下的時候，他才說，彷彿做了什麼決定。他去接我是為了看看我，送我回家。這些天他一直沒有時間，工作很忙，或者從女人身邊脫不開身，我猜是後者。

「晚上不能給你打電話了。」

「嗯。」

「如果我沒有那麼多無法解決的背景，我們在一起如果後來相處不好，分手，我心裡都會好受一點兒，但是現在……」

他沒必要說這些，沒必要解釋，打住吧。

「我做事不是一個極端的人。」

「明白。」我點頭，努力笑笑。

「給我時間。」

我再次笑笑，手放在車門把手上，我該下車了。

在我逃走之前，他抓住了我，嘴唇貼在我的腦門上，然後，彷彿花了很大的力氣才找到我的嘴唇，輕輕碰了一下又害怕似的躲開了。

我打開車門，飛快地跑進樓裡。

46

不知道什麼時候外面起了風，很大，在窗外「呼呼」地響，我在睡夢中聽到了風聲，第一個念頭就是陳天他們今天的公司郊遊會受到干擾，不知為什麼竟有點兒莫名其妙的高興。四周除了風聲一無所有，不知是怎麼醒來的。凌晨四點半。

陷入愛情的顧城說：「看天亮起來是件寂寞的事。」

我出了什麼問題？

或者我就是無法忍受他對我的態度，太有禮貌，太認真，太有責任心了。因為出乎意料，就更加無所適從。如果他表現得更隨隨便便一點兒，像個到處留情的標準情聖，我倒會安心。

不是愛上他了吧？

我翻了身，頭埋在枕頭裡。

那才叫可笑呢，總不至於是愛上他了吧？

「絕對不行！」我喊出了聲。

好吧，你喜歡他，做做感情遊戲吧，這個你拿手，他畢竟是個不錯的對象，也算是棋逢對手。如果願意，你可以跟他上床，沒問題，但是，不要愛上他。這總做得到吧！好，就這麼說定了。

不許反悔！現在做個乖孩子，睡吧，你能睡著就說明你沒有愛上他，沒什麼好怕吧！只是一個不錯的對手罷了，愛上他就不好了，你知道……

我動了自己兩個小時，樓下街道的人聲漸強之後終於睡著了。

47

「你還是個幼女呢。」
「我討厭你拿我當孩子！」
「我沒有。」
「你就是。」
「我想和你做愛。」
「為什麼不？」
「因為對你不公平。」
「我不需要公平。」
「這樣對你不好。」
「你用不著對我這麼小心！」
「你想想，我小心是因為看重你。」

這是我和陳天第一次做愛前的談話。

當然他是對的，等我起身走出門，回到家，被夏夜的風吹涼了發熱的腦袋，也許我會感謝他，也許不會？

不只一次，我們單獨在一起的時候，我聽到他呼吸中傳達出的欲望，那讓我著迷的輕輕的嘆息。我知道我的渴望和我的恐懼一般強烈，我害怕的就是我想要的東西，我在暗自盼望，盼望他是獨斷專行的、蠻橫霸道的，不給我任何喘息的機會，讓我的恐懼在渴望裡窒息而死。我在這兒，就是說我願意把自己交給他，我願意服從他，我願意是個傻瓜，不做任何實為明智的選擇。他的克制，在最初的日子裡曾令我著迷，而在那個夏夜卻不再是美德，而是一種輕視。我，臉不再看他，覺得沒有比這更為尷尬的時刻。

那一刻像是靜止了，我聽得見房間裡的鐘錶滴答在響，我不知道該如何收場，我沒有經驗，因為這種場面以前從未出現，我應該道歉還是繼續生氣，我該不該起身逃跑？

「或者你不這麼想。」

在尷尬的沈默和靜止之後，他這樣說，嘆了口氣，起身把我抱進臥室。

「我只是想對你好，我不知道別的方式。」我是一個得到了糖果的孩子，在他耳邊輕輕說。

我能夠怎麼辦？——一個現代女子的悲哀。我不會繡荷包，不會納鞋底，不會吟詩作賦，不會描畫丹青，甚至不能對他海誓山盟託以終身，如果我想告訴他我喜歡他，唯一的辦法就是和他上床。

除此之外，別無他法。

和他上床當然是不對的，我知道，但我從來不屑於做對的事情。——在我年輕的時候，有勇氣的時候。

48

凌晨五點二十七分，我對自己說：認輸吧。

這個時候他一定還在熟睡，他的手指，他的枕頭還留著你的體溫，但他不知道你在想他——認輸吧，不承認也沒有用！你愛上了陳天，你愛上了這個不修邊幅的情聖，這個誠懇的花花公子，這個有婦之夫，這個文壇前輩，這個早過了不惑就覺知天命的中年男人。

這是一個祕密，你永遠不想讓別人知道的祕密。

那個五點二十七分開始，一切都改變了。

從此以後你每天每日每小時每分鐘的生活都變成了兩個字——等待。等待他，等待他的電話，等待他那輛白色的標緻車，等待他的召喚，等待他的愛撫，等待他的憐惜，等待他的空閒，等待他的好心情，等待他結束和別人的約會，等待他的愛情來讓你安寧……

49

他第一次在車裡抽菸。

根本不是我的敏感，那是陳天第一次在開車的時候抽菸，以前的幾個月他都不曾在車裡抽過菸，因為他沒有手，他一隻手要扶方向盤，另一隻手從始至終地握著我的手。

現在，他在抽菸，他臉上寫著兩個字：煩惱。

「我一直在想這事兒，簡直成了負擔，等你需要我的時候我不在，你會難受的。」

這團陰雲難道不是也籠罩在我心上，但是我至少希望他不要這麼愁眉苦臉。我不能讓他認為我們真的做錯了，我們就該一直拉拉手，吃吃飯，打打電話，永遠可進可退，這是孩子氣，這是不可能的！

「別愁眉苦臉的，這沒什麼。你不會以為我跟你上了床就非得嫁給你吧？」

他看了我一眼，顯然並不覺得我的話可笑。

「也許有一天，我會強迫你嫁給我。」他這麼說。

我沒說話，——「也許」，「有一天」，「強迫」，句子造得不錯，也很感人，不錯的情話，不過我們都不會把它當真是不是？我沒想過要嫁給他，對應付任何世俗的煩擾也沒有準備，我只是想跟他待在一起，待在一起，給我時間讓我和他待在一起！

我看著窗外的車流，街道擁擠，芸芸眾生都在趕著回到一個屬於他們自己的安樂窩，如此忙亂而嘈雜，有幾輛自行車幾乎要倒在標緻車的玻璃窗上，和我貼得如此之近！這車是我們的堡壘，遺世而獨立的堡壘，只有在這兒我們是安全的，只有在這兒我們是不受干擾的，只有在這兒我們彼此相屬。

最好的辦法就是不要告訴他我愛他，這會讓他輕鬆一點兒。

我看了看他，缺少了調皮的神情，他臉上的線條鬆懈下來，是個隨處可見的中年男子。

50

確定陳天肯定沒有時間見我的日子，我會約愛眉出去喝茶。這種時候不多，多數情況我會在家裡隨時等待他的召喚。

「我來一杯薑茶。」我對酒吧的男孩說。

「晚上不要吃薑，早晨吃薑如同人蔘，晚上就有害了。有這種說法。」

在這些問題上，我當然總是聽愛眉的，她要了治失眠的紫羅蘭，而我要了治焦慮的薰衣草。愛眉顯得心神不定，來回來去攪著那藍色的紫羅蘭茶，或者是我的錯覺，是我在心神不寧？

「有什麼事嗎？」我問她。

「我在想要不要結婚。」

「嗯。」如果我表現出了吃驚，那麼就是說我並不是真的吃驚。但是這次我平淡地哼了一聲。

「你有一次說過你今年有婚運。」

「對，所以如果我非不結婚，過了今年就不會結婚了。」

「永遠？」

「十年之內。」

「那麼？」

「其實結婚證明已經開了，但我在猶豫。」

「和誰？」我再沈得住氣也不禁要問了，「地下工作搞得也太好了，跟我相差無幾了，哪兒像雙子座啊。」

「一個畫畫兒的，你不認識。年紀比我大。其實，是個有名的畫家，我說了你就會知道，但我不想說。」

「反正等你結了婚，你就非說不可了。」

「問題就是我可能不結了。」

「你決定了？」

「基本上。」停了一會兒，她補充說，「婚姻對我不合適。」

「得了吧，我看你就需要往家裡弄進個丈夫，他會分散你很多注意力，強迫你注意很多具體的事情，你就不會想那麼多事了。」

「我相處不好，我連跟父母都處不好，想想吧！」

「怎麼可能？你對人哪有一點攻擊性啊？」

「沒有攻擊性，可是要求很高，所有的不滿最後只會作用到我自己頭上，我只會跟自己較勁兒，他們一點都看不出來。」

「你脾氣多好啊，總比我柔和吧。」

「我們倆的星空圖剛好相反，你是那種看起來很強的人……」

「我？看起來很強？」——如此的小身板和娃娃臉？

「我說的是精神氣質，只要不是太遲鈍都能感覺到。」

「是，我是很強。」我認了。

「但這還是一個錯覺。你的太陽在摩羯，但月亮在雙魚，海王星還在第一宮。雙魚是十二星座的最後一個，也是最弱、最消極的一個。」

「什麼意思？」

「小事聰明，大事糊塗。」

「有這事兒？」

我不太想承認，愛眉以無庸置疑的表情揮了揮手，在這方面她極其主觀，極端自信。

「我剛好相反，我對外界的具體事物完全沒有控制能力，但是心意堅定。在關鍵問題上你能屈從於情感，或者別人的意志，我永遠不行，我比你難纏多了！」

「大事清楚，小事糊塗？」

「不是糊塗，是根本不知道該怎麼辦。」

「那麼咱倆誰更倒楣？」

「我。」

「都覺得自己最倒楣。」

「當然不是，想想，只要你知道了該做什麼，你總有辦法做到。但我永遠都知道該做什麼，但永遠都做不到，你說誰倒楣？」

「你。」

「就是！不結婚並不是替對方考慮，是為我自己考慮。」

「你沒有不安嗎？有時候，希望有人在你旁邊？」

「兩個人的時候我更加不安。」

我的問題不是愛眉的問題。

「他是個雙魚座，雙子座最受不了雙魚座的自以為是，目光短淺，還有不顧事實的狡辯。」

「說得好！不顧事實的狡辯！」我想起徐晨，拍案叫絕。

「所以，我肯定不行的。」愛眉下了結論。

「你再想想，想想他的好處。」

「好處，並不能改變本質的差異。」

愛眉終於沒有結婚，憑著我對繪畫界的粗淺知識，她不說，我也無法猜到那個雙魚畫家是誰。

「這算是對抗命運嗎？」過後我問她。

「命運只是給了你這個機會，要不要它，就是你自己的事了。」

51

我和陳天坐在二環路邊的一處酒吧裡，我們總是選擇一些格調比較差，文化人不怎麼愛去的地方見面，這種酒吧通常只有速溶咖啡，檸檬茶裡的檸檬是皺皺巴巴的一小片，熱巧克力的味道也很古怪，但是沒辦法。

我一本正經地拿著張傳真，在給他講香港人關於《小童的天空》開拍前的最後修改意見。他靠在對面的扶手椅裡，悠閒地把腿蹺得老高。

「真怪，你看起來總是很安靜，是因為你喜歡穿的這些衣服嗎？」他忽然說。

我瞥了他一眼，繼續念傳真。

「知道嗎？你有好多小孩子的神態，看起來很小，也就十六歲，頂多十七。」他繼續在對面打量我。

「你是作為監製這麼說的，還是作為男友？」

「作為男友。」他笑。

「還要不要聽？」

「你總是這麼小，老了怎麼辦？又老又小，樣子太嚇人了。」

「放心吧，到那時候不讓你看到就是。」

「肯定看不到，等你老了，我已經死了。」

「喂！」

「好吧，你接著說。」

他總是叫我「孩子」，從第一次見到我就叫我「孩子」，他說他對我有種偏愛，偏愛什麼？他偏愛那些有著少女面龐的女人，清秀，安靜，靈巧，永遠不會成熟，不會長大，不會濃妝豔抹，不會為人妻，為人母的少女。我沒有什麼特殊，我只是眾多的、他喜歡過的有著少女面龐的女人中的一個。這個我早就知道。

我拿不準他會怎麼想，喜歡還是不喜歡？在我們第一次做愛的時候，他不能置信地撫開我臉上的頭髮看著我——「還是你嗎？」

後來，陳天有點兒不好意思地向我承認，他之所以不肯和我上床，還有一個不便言說的顧慮。

「我已經老了，我怕我不能滿足你，你會不再喜歡我。」

他肯承認這個讓我驚訝，這說明他不是那種認為男性權威不容侵犯的男人，足以使人理解他為什麼吸引女人的愛情。他不是一個做愛機器，嶄新的、馬力強勁的做愛機器。陳天從未滿足過我，無論是肉體還是精神。

深刻的感情從來與滿足無關，滿足只能貶低情感，使情感墮入舒適、愜意和自我慶幸的泥潭。愛一個不愛你的人，一個登徒子，一個同性戀，那些無力滿足你的人，這樣你可以更加清晰地感受愛情的重創，沒有虛榮心的愉悅，安全感的滿足，甚至沒有身體的舒適，只有愛情，令人身心疼痛的愛情。

——窒息你的自尊，拋棄通用的愛情準則，忘掉幸福的標準模式，剝掉這一層層使感官遲鈍的世俗的老繭，赤裸裸的，脆弱柔軟的，只剩下愛情了，要多疼有多疼，美麗得不可方物，改變天空的顏色，物體的形狀，讓每一次呼吸都帶有質感，生命從此變得不同……

陳天一定以為我是個熱愛床笫之歡的女人，就像我這張安靜的少女面龐造成的錯覺一樣，這是另一個錯覺。那些衝動，顫抖，尖叫，撕咬，都不過是表徵，我渴望、追逐的是另一種東西，它有個名字叫做「激情」。它是一切情感中最無影無形，難以把持，無從尋覓的，肉體的欲望與它相比平庸無聊。我無法描述我在他懷抱中感受到的激情，哪怕最輕微的觸摸帶來的戰慄，讓我哭泣，我感動到哭泣。它來了，又走了。是同樣的手臂，同樣的身體，同樣的嘴唇，激情藏在哪一處隱密的角落，又被什麼樣的聲音、撫摸、聽覺或觸覺所開啟？永遠無從知曉。

我想我最終也沒能使他明白這個。

52

沈默不語。

我和陳天在奧林匹克飯店大堂的咖啡廳面對面坐了兩個小時，最後是我要求離開的，因為這麼沈默不語地對著他，我再也不能忍受了……我表現得像個傻瓜，卻對自己毫無辦法，我一聲不出地坐在他面前，渾身因為充滿著渴望而繃得像一張拉滿的弓，這張弓除了微笑一無用處。我體會到了那種羞怯少女痛恨自己的感覺，我有無數的話要對他說，卻不能開口，我找不到恰當的方式和恰當的語言能表達對他的感受。越是這樣我就越是難受，越是難受就越說不出，他送我回家的時候，我摟住他幾乎要哭了，再有這樣的一分鐘，我的眼淚就真要落下來了。我這是怎麼了?!

53

晚上和林木、狗子、老大、老大的女友花春、徐晨、徐晨的新女友（他老換，記不住名字）、阿趙和阿趙的老婆一起吃飯，然後去了紫雲軒喝茶，然後狗子說喝茶沒意思，越喝越清醒，大家就移位去了旁邊的酒吧。

這一干人是北京夜晚必不可少的風景，你可以放心，你需要他們的時候他們總是在那兒，你只要打個電話——喂，你們在哪兒呢？你便不會孤單了。有時候我想，如果沒有他們，北京就不再是北京了。

林木在藝術研究院當差，每天跟這班閒人耗到半夜，第二天一早還去上班。他像那種老式的江南文人，熱中詩詞歌賦、醇酒婦人。詩是真看，酒是真喝，婦人只是用來談。我們都給他介紹過女孩，徐晨帶給他的就更多，只看見他跟女孩談心，以後就再沒別的下文。

「你到底喜歡什麼樣的？我就不信哥們兒找不來！」徐晨很是不服，當時凌晨一點，我們正在東四的永和豆漿吃雞蛋餅。

「別回頭，別回頭，千萬別回頭！」老林的眼睛忽然直了，「就在你們身後，過一會兒再看，有兩個女人！」

「你的夢中情人？」我聞到一陣香風，直著脖子問。

「差不多，差不多。」

「左邊的還是右邊的？」徐晨想回頭。

「別回頭！一會兒再回頭，別讓她們發現！」

「發現又怎麼了？女人巴不得被人看呢！」

「是嗎？那好吧。」

等我和徐晨回頭一看，幾乎背過氣去。——那是兩個剛下夜班，或者沒找著客人準備回家的三陪！長得那個俗，穿得那個傻，臉像沒洗乾淨似的，風塵撲面。

我和徐晨互望一眼，看看林木，這個白淨書生有點兒緊張，不像是拿我們開心，我們恍然大悟。

「我說你怎麼老找不著中意的！他身邊都是女學生、白領、知識婦女，哪兒有這種人啊？咱們也不認識啊！」我說。

「這還不容易，我現在就過去給你問價。」

徐晨站起來就向那兩個女的走去，而老林則飛快竄出門去，當街上了一輛過路的計程車跑了。

老林的名言：「女人有兩種，一種是月白風清的，一種是月黑風高的，我只中意後者。」

狗子我早就認識，一直不怎麼熟。原因很簡單，因為我們倒楣的第一次見面我一直對他敬而遠之。那是一個朋友的生日，來了認識不認識的三十多號人，主人給大家介紹，說：「這是狗子。」他說的「子」是重音，三聲，和孔子、孟子一樣的叫法兒。這個被尊稱為「狗先生」的人就坐在了我旁邊，他看起來已經喝多了，

有點兒搖搖晃晃，但總的來說頗為安靜。一會兒又來了一個女孩，服務員忙著加凳子，椅子就放在了我和狗子中間。這個倒楣的女孩救了我，一直悶聲不響，看起來頗為羞澀的狗子忽然做出了驚人之舉——突然吐了，吐了那新來的女孩一身！這對狗子不足為奇，他創造過在酒館裡連續喝三十個小時的金氏紀錄，吐一兩次稀鬆平常，但我還是驚著了，後來每次看到狗子我就擔心自己的裙子。

喝了這麼多年的酒狗子一直保持著一副天真無邪的溫順表情，一副酒鬼特有的天真無邪，關

於他的故事少有別的，都是關於酒的。慢慢地我倒有點兒佩服他了，如此任性的人也真是難得，但我還是擔心我的裙子。

狗子喝醉以後有時會大聲朗誦詩歌：「為人進出的門緊鎖著，為狗爬出的洞也緊鎖著，一個聲音高叫著：『怎麼他媽的都鎖著！』」

精彩。

阿趙也是個著名混混兒，他的名言我記憶猶新：「社會的歧視，家庭的羈絆，經濟的拮据，都不能阻止我繼續混下去！」

這些人一無例外都是拿筆混飯吃的，我看著他們鬧酒，划拳，談文學，互相揭短，彼此謾罵，折騰到凌晨四點，直到阿趙開始把酒吧的椅子一把一把地往街上扔，我才實在撐不住溜了。

我來這兒鬼混是為了不去想陳天，至少有一個晚上不去想他。

未遂。

54

我告訴陳天，我跟別的男人上床了。

他什麼也沒說，除了抱著我，他什麼也沒說。

我是故意這麼做的。

陳天消除了我對其他一切男人的興趣，我不知道他是怎麼做到的，我只能說愛情真是一個最有權勢的暴君。但是我還是想以最後的力量反抗一下，便跟在朋友那兒遇到的一個男孩回了家。

小衛有一雙女孩子一樣毛茸茸的大眼睛，嘴唇和下巴的線條卻十分硬朗，讓他的整張臉顯得模稜兩可，語義不明。那天他喝了酒，但肯定沒喝多。朋友的新居上下兩層，有個很大的露台，屬於先富起來的藝術工作者。那晚他們抽了太多的菸，熏得我眼淚直流，便一個人溜上了露台。小衛跟了來。小衛是個帥哥，不是我喜歡的帥哥，是我大學時一個同宿舍的女生喜歡的帥哥，在操場邊上偷偷地指給我看。「眼睛很漂亮，嘴巴有點兒古怪。」我記得我當時如此評價。現在他站在我旁邊，我的評價依然沒變。後來我們各自找了張躺椅坐下，有一句沒一句地聊天，我是很舒適，他則神情嚴肅，目光陰鬱，不過他一直那樣。

差不多半個多小時以後，他突然語出驚人：「你信不信？——我會強姦你。」

強姦我？這算什麼，求愛嗎？簡直想笑。「你要真敢強姦我，我還真懶得反抗。」我心說，不過還是別讓他太難堪了，我繼續神情淡然地看著夜空，沒理他。

說出來的話再做肯定無聊，他一直坐在我對面，神情嚴肅，一動不動，一刻鐘以後我對他說：「走吧，我想回去了。」他跟著我站了起來。

別太計較了，他是個漂亮小夥子，求愛的話又如此與眾不同，我需要一個人，就是他吧。我得死撐著，我得向陳天做出一副桀驁不馴的樣子，我不願意愛他愛得太過分，我沒想過這桀驁不馴會在以後給我帶來痛苦，我顧不得去想，我只想把自己從傻瓜的狀態裡解救出來。

結果並不成功。

一點兒也不有趣，一點兒也不！我只想趕快離開，最好永遠也別再見到他。下樓的時候我想，完了，這下真完了！

55

看到陳天的時候，我知道我是喜歡他的，的確喜歡，千真萬確，毫無辦法。

「你跟多少女人上過床？」

「我沒數過，也許五十個？應該不會少於這個數？」

我被他老實的樣子逗樂了，「早知道你是個花心的傢伙，是不是？回答我，你是不是？」

「知道了還和我好嗎？」

「為什麼不？」

我把他的頭抱在懷裡，下巴蹭著他的頭髮。

「如果可能，我只願意和你做愛。」他說。

——「如果可能？」一個人四十六歲時還說這樣的話？不過我不想談論這個，只是笑笑，

「我可不想改變你的風格。」

「我並不隨便跟人上床，跟你們似的。」

「我相信，看看你對待我的態度。」

「那是因為看重你。」

「你也是被耽誤的一代，要在現在還不知道多有作為呢！」

「這是我第一次跟人談論我的性生活。」他聲明，這我倒有點驚訝了。

「現在該你回答了。」他看著我，眼睛裡帶著笑意。

「我從來不跟人談論我的性生活。」我耍了個花招。

56

陳天是個「假情聖」，「假情聖」是徐晨的說法。

「徐晨，你和多少女人上過床？」我隔著一盆水煮魚問他，好奇新老兩代假情聖的差距。

「幹嘛問這個？」他倒很警惕。

「我只是想知道一下。只說良家婦女，雞不算在內。」

「我從不招雞！」他聲稱。

「好吧，」我才不信，「多少？」

「沒數過。」

「數一下。」

「數不過來，我都忘了！」

「數不勝數吧，一年有沒有十個？」

「我真的忘了，你問這個幹什麼？」他懷疑我有什麼詭計。

「我只是想知道什麼叫做『假情聖』，有多少量的積累才能叫做『假情聖』。」

「那得等我老了以後再告訴你。」

「無恥，你想到多大歲數再收山啊？」

「找到完美無缺的情人的時候。」

「到那時候，你的胃口早就吃壞了！」

「不會的，我有著旺盛的熱情和永不熄滅的好奇心。」他得意洋洋地說。

「我才不信，走著瞧……」

看看我愛過的這些男人。

我在雜誌裡看到好萊塢男星休・傑克曼的採訪，記者問了這個帥哥和我同樣的問題，想知道他是怎麼回答的——「我算不清楚，七百五十個左右吧？這真的很難記。我想，只要不超過一千人，應該不算討人嫌吧？」

怪可憐的種馬，他們與我談論的事情無關。

《鄧肯傳》裡有這樣一段：「這一章可以叫做『為浪漫的愛情辯護』，因為我發現，愛可以是一種悲劇，也可以是一種消遣，而我以一種浪漫的天真無邪投身於愛情。人們似乎如饑似渴地需要美，需要那種無恐懼無責任而使人心靈振奮的愛情。」

天真無邪，我已經把陳天歸入了天真無邪的一類。他的確心地善良，溫柔體貼，懂得愛情的美妙之處。愛就愛吧，快樂就快樂吧，我很高興遇到他，成為他的情人，成為他眾多情人中的一個。

57

問題是：為什麼我總是愛上這種「假情聖」？

答案是：他們是讓你沐浴在愛中的男人，他們有愛的天賦。

58

我知道很多人喜歡知道和談論卓越人物的卑鄙無恥，但這不是我的愛好。我們從小就被灌輸這樣一些概念——「人生而平等」、「公平競爭」、「天賦人權」等等。所以要接受「一些人必將受到另一些人的粗暴對待」是很難的事。每個人都要爭得自己的權利，為自己受到的傷害和不公待遇而吶喊，揭露一些人的真面目，把他們拉下聖人和卓越者的寶座，在愛情關係上同樣如此。沙特和波娃共同的情人比安卡・朗布蘭寫了《一個被勾引少女的回憶》，沙林傑的情人喬伊絲・梅納德寫了《At Home in the World》，講述她們被天才勾引和被天才殘酷傷害的經歷。比安卡和喬伊絲的指責是基於這樣一點：有著卓越才能的人應該是道德的完善者。這真是天真之極的幻想。她們是天才道路上必然的犧牲品，她們肯定要受到傷害，這是因為她們沒有相同的精神力量、頭腦智力與之匹配，而不是因為天才沒有更完善的道德。我知道很多人不會同意這個觀點，要承認這一點就必須承認這樣一個前提——人和人生而不平等，一些人的價值遠遠大於另一些人。避免被傷害的唯一辦法，就是這另一些人堅持不被那些更有價值的人吸引，而滿足於過著他們平凡的生活。

我看到電視裡一個優秀青年為了一個同學利用父親的權力獲得他想要的職位而感到不公，可他絲毫沒想過他不費吹灰之力，生來就擁有美貌、才能也是一種不公，而他的同學僅僅有一個好父親。我們在生物學上都知道物競天擇，而對於人類自己卻想出一些「公平競爭」之類的花招迷惑弱者，以便名正言順地把他們淘汰出局。如果你承認這樣做的正確性，就必須承認比安卡和喬伊絲理應受到傷害。當然，同情是另一回事，我們當然可以同情她們，就像我們在街邊向乞丐施捨一點自己可有可無的零錢。

這足以解釋我在街邊給乞丐零錢時為什麼會感到難堪，因為我認可了世界的不公，我占了別人沒有占到的便宜。

徐晨有一次對我說：「你認為這個世界不好，可它自成一體，你甚至想不出一個比現在更好的世界。」

我可不這樣想，不公，肯定不是一種好秩序，不公的世界肯定不是一個好世界。真正好的世界，應該人人美貌聰明，健康富有，熱情只增不減，愛情永恆不變，連運氣也都要毫無二致，這樣才談得上公平……

「但這是不成立的，違反了基本的邏輯關係。」他說。

當然，這樣的世界不存在，人類齊心協力一起努力也不可能存在。大家常常說：「我們只有一個地球。」

我要說：「我們只有一個壞的世界。」

59

我很難分辨那巨大的孤獨和傷感來源於什麼，愛上陳天這個事實令我整日惶恐不安，心情陰鬱得如同失戀一般。有什麼東西改變了？沒有，唯一的改變是我自己。一早起來我就不停地問自己，為什麼？為什麼要愛他？為什麼要給自己找麻煩？本來一切都很圓滿，但是有了愛，只要有了愛，一切就不同了，不再是圓滿，而是巨大的缺憾。

我一遍一遍地問自己，終於把自己問絕望了。

活該！你太自信了，現在就給你個苦頭嘗嘗！你總會愛上那些帶給你痛苦的人，他肯定會帶給你痛苦的，他並沒做錯什麼，他沒有改變，但是他以前帶來的那些歡樂，只因為感受的不同，輕易就變成了痛苦。沒有期待的時候，他的電話總是不停地打來，等你有了期待，鈴聲便永遠不響了……

如此而已。

60

去，還是不去，這是一個問題。

一整天我都在想著這件事，寫稿子的時候，列印的時候，在計程車上的時候，和編輯交談的時候，編輯讓我一起去吃飯的時候，點菜的時候，和愛眉開玩笑的時候。

我是不是該克制這個念頭？也許他昨天夢見了我，他希望這個奇蹟出現？如果我們在一起待兩個小時，還不如等他有更長時間的時候，我不想因為見了他兩個小時而失去可能的更長時間。

每一次延誤都使我惱火萬分，每一種阻礙都使我更加急切。七點鐘了，也許我應該打個電話。八點鐘，他應該已經吃完飯了，但他走出飯館了嗎？九點鐘了，他單獨一人了嗎？或者他正在開車回家的路上，這時候打正合適。等他到家，也許有人正等著他。

「亞洲基金會的人來了，我在跟他們聊天。」他在電話裡說。

「好吧，我掛了。」

他終於把我從那個念頭裡挽救了，我幾乎為此感到高興。

每天像思考「生存」還是「毀滅」一樣，考慮要不要去見他這件事真是要把我逼瘋。

「每天下班的時候，我都要猶豫很久，打電話還是不打？見你還是不見？」

我們倆坐在日本料理店最裡面的隔間時，陳天說，說得輕描淡寫。

我什麼也沒說，繼續吃我的烏龍麵。我討厭說「我也是」。

我幾乎從來不說「我也是」。「我也是」是個缺乏魅力的句子，絕對不是一個好句子。你有時候回憶起一個人對你說過的話，如果他說了「我也是」，那他就是什麼也沒說。

「不相信？」

我從烏龍麵上抬起頭：「看來你也不是永遠能看透我。」

61

他另有一個情人。

這是我一直知道，一直沒有談到的事。

陳天有個絕招，他提到這個女人的時候運用許多奇怪的人稱代詞，例如「人家」、「有人」、「那人」等等，總之是個含糊不清，不分男女長幼的人稱代詞。關於「人家」的情況我一無所知，也從沒表示過任何意見。他四十六歲了，難道用得著我說三道四？

有一次他開著車，沒頭沒腦地說了一句：「給我時間，我會把問題解決。」停了停又說，「一年。」

他在說什麼？我們剛才在談一個劇本的計畫，他是指這個？不像，那是對我說的，是他的底線？是給我的承諾？我不知道，我也不願意問他。對這件事我的態度是一不說話，不搭茬兒，不打聽，不介入。說著容易。

因為這個「人家」，我們倆常常只能坐在汽車裡圍著北京城轉圈；因為這個「人家」，他開始變得憂心忡忡，難得有個笑臉。

有一次我竟然看見他把臉埋在手掌裡，苦惱得像個犯錯誤的小孩。

「我怕會出人命。」他說了這麼一句恐怖的話。

我仍是一聲未出，甚至連安慰他都是不合適的。

難道我私下沒有想到過這個女人？她是誰，她有何種力量讓他如此苦惱？他害怕什麼？一個四十六歲的男人害怕什麼？醜聞，只能是醜聞，難道還能有別的？可他這一輩子的醜聞難道還不夠多嗎？沒有，他沒有醜聞，大家說他喜歡女人，可並沒人說他是個壞人！

「有人看見我們一起吃飯，有人看見我的車停在你們家樓下。」

「沒想到你這麼引人注意。」

「所以人家不相信我了。」

「你是可以相信的嗎？」

「有了你，當然就不能相信了。」

有了我嗎？是因為有了我嗎？我可不這麼想。

很多年前，陳天去香港訪問，接待他的一方為他安排了一個女助理，據他說長得白白小小，很纖細，說話也細聲細氣，他們在一起兩個星期，不過是這女人安排日程，幫他翻譯，帶他上街等等，相處得不錯但再沒有別的。後來他回了北京。兩個月以後，那女助理的丈夫從香港飛到北京找他，說他妻子要求離婚，而且已經離家出走，希望陳天能夠勸她回來。陳天表示同情，但還是不明所以。那丈夫說：你不知道嗎？我太太說她愛你。

陳天的結論是：許多時候女人比男人要勇敢決斷得多。

不知道是哪年陳天住院切除闌尾，病房裡有個年輕的女護士正準備考成人高考，知道陳天是個作家，便時常拿些古文課的問題問他，陳天自然是有問必答，十分熱情。後來這女孩日漸憔悴，目光閃爍，陳天在她帶來的古文書裡發現了一封寫給自己的情書。陳天像個成年人一樣嚴肅地告訴她這是不可能的，希望她好好學習專心考試，那女孩什麼也沒說。後來陳天痊癒出院，再沒有女護士的消息。半年以後，那女護士突然打電話給他，陳天問她是否考取了學校，女護士說沒有，她沒有去考，因為從陳天走後她便大病一場，直到不久前才好。現在她打電話給他，是告訴他那一切過去了，她不再愛他了。

陳天的結論是：愛情是一場病。

陳天可能認為自己是無辜的，但他不是。

他貌不驚人，普普通通，你以為我沒有試圖弄清他的吸引力何在？他像是散發著某種氣息的動物，你很難說那氣息是什麼，只要他向你發散了這種氣息，你多半就逃不掉了。

這當然是好聽的說法，不好聽的說法，還是讓別人去說吧。

我見過他的多位非情侶關係的女友，包括那個叫杜什麼的女強人，我也見過他被女人包圍的情景，他對她們的親暱感是天然的，拍拍她們的肩膀，說幾句關心的話，他記得你的名字，你愛吃的菜，上次見面時你頭髮的長度，他的好心和關懷真實可信，恰到好處，讓你馬上就信賴他了。當時我在一旁坐著，想起他父親的話：「這孩子會在女人方面有諸多麻煩。」我拿了杯可樂在桌邊看他，看那些年輕的和不年輕的女人臉上泛起的笑容，想想如果我是他老婆估計也會嫉妒而死，——絕不離婚，絕不讓這個細心周到、善解風情的男人落到別人手裡。我這麼想著禁不住笑了。

我再次要說——愛情是天賦的能力。

62

有人找了老大、我還有徐晨等人一起企畫個電視劇，我們和製片人、策畫人聚在郊外的龍泉賓館裡談了兩天，晚上實在談不動了，我們要求去游泳。徐晨當時又墜入了情網，一有機會就離開眾人去給他的新女人打電話，嘰嘰咕咕說個沒完，我們決定不理他，逕直去游泳。

游完泳，頭上的血又回到了全身，腦袋不再那麼大了。老大挺著個白肚子坐到我旁邊。

老大和我年齡相仿，因為成名早，看破紅塵也比別人早，多年保持著一種無所事事的閒人狀態，有時雄心泛起掙巴幾下，拍個電影啥的，最後總是覺得累又退下來繼續當他的閒人。

「徐晨呢？還在打電話？」我問他。

「嗯。」

「有一種人叫做話癆，他應該叫做情話癆。」

「你以前不是也挺喜歡的嗎？」老大笑嘻嘻地看著我。

「我還不是不堪忍受逃走了，我受不了。」

「什麼？」

「他對誰都是這一套，那些情話不是因為不同的對象產生的，而是他自己長出來的，就跟人吃了東西要拉屎一樣，他吃了東西就要說情話。」

「那你想要什麼？」

「總該因人而異有點兒獨創性吧。」

「你不喜歡他這一種，你喜歡哪一種人？」他一副打破砂鍋問到底的架勢。

「這怎麼說？」

「陳天那樣的你喜歡嗎？」

「陳天算是哪一樣？」我反問。

什麼意思？看他那一臉壞笑，總不會是話裡有話吧？

「就是……他好像總是過一陣子就煩了。」老大這麼說，他們認識很多年了。

「可能。不知道。」我說得滴水不漏，心裡暗笑。喜新厭舊？看來這是老大對他的評語，就算是吧，依然不能抵消他是個好情人，而且喜新我是看見了，厭舊現在還沒發生。

不過老大不會平白這麼問吧？

沒過一天，謎底就揭穿了。

回城的時候，我和徐晨同車。他整天地抱著電話不放，除了談劇本就是談情說愛，估計是累了，靠在那兒假寐。他不時睜開眼睛看我一眼，彷彿有話要說，如此反覆幾次，我抻著勁兒不理他，倒看他開不開口。

果然，車到航太橋，他憋不住了：「他們說你和陳天好上了？」

「誰說的？」輪到我一驚，馬上回嘴，「沒有的事。」

「我不能告訴你誰說的，反正不是瞎說，老大不讓我問你。」

「那你幹嘛還問？」

「我想問問也沒什麼關係。跟那麼老的人混幹嘛呀？」

「我跟你說了，絕對沒影兒的事。不外乎是有人看見我們一起吃飯，他名聲又不好，胡亂猜的。」

「你是說有人看見你們在一起吃飯便認為……」

「我也是猜。」

「你說不是就不是。」他不再追問。

沈不住氣的徐晨啊，我除了騙他還有什麼辦法？我沒法兒談論這件事，我除了否認別無出路。我拒絕成為陳天的風流韻事，拒絕為他的情人名單再添新頁，拒絕被人猜疑議論指指點點，可是如果我不能拒絕愛他，拒絕就都是一句瞎扯。

我沒跟陳天說過老大他們這回事兒，我不想增加他的緊張。

想他真是個大情人的樣子，討人喜歡。有一次我們在三環路上兜風，已經很晚，快到我回家的路口時，我抓了他的胳膊低下頭，他便知道：「怕我走這條路是不是？」他的胳膊就那麼讓我抓著，一隻手又是拐彎又是換檔，我看都不想看，車身一轉，我知道是拐進那條小路了。車本來開得都是挺穩的，那天卻顛簸得厲害，

被我攪亂了，慌不擇路。

他總是像一眼看到你心裡，告訴你他懂得，委屈也就不算真的委屈了。

我就這麼一會兒欣喜，一會兒煩惱地一路想著陳天回了家。

63

我在外面獨自坐了三個小時以後，終於平靜下來。剛剛下過雨，夜風很涼，吹得我臉色慘白。

我跟自己說我不能這樣下去了，我不能愛他，不能縱容自己，不能如此軟弱，我不能日復一日地等待他，而他只能和我待一個小時，在這一個小時裡我得故作輕鬆，我得若無其事……我看著他在我對面吃飯，我對自己說我愛這個男人嗎？這是一個愛的幻覺，他不會使你如此愛他的，你想念、渴望、鍾情的只是愛情而已。從早晨醒來，不，這幾個月來我所做的唯一的事就是等他。醒著，睡著，夢見他，看見他，我所有的感覺都開啟著，渴望著他。我善於克制，我善於等待，我善於忍受，我善於忍辱負重，善於強顏歡笑？我真的不行了，我怕他說對了，如果我不堪忍受我會逃得遠遠的。我跟自己說別想他，別想他，這一次我管不住自己，我的信心便會坍塌成一片瓦礫。我怕我會開始恨他，我會恨他語氣裡快樂的腔調，恨他還能夠下棋、釣魚，毫無道理地恨一切使他不能在我身邊的東西。我在陷入瘋狂！

汽車裡，我坐在他身邊，已經什麼也不想，什麼也不想說了。我知道他吃飯的時候接了電話，我假裝倒茶掩飾我的慌亂。我由著他把我送回家。那些委屈還是算了吧！何必呢？如果再流下眼淚來，真會讓人笑掉大牙。

「回家吧。」我飛快地說。

「回哪兒？」他看著我，「我家，還是你家？」

「你回你家，我回我家。」

我打開車門的時候，他輕聲說：「別怪我。」

「我沒怪你，不是你的錯。」

「我知道，你是不開心。」

是啊，我只是不開心。我揮揮手，轉身進了大門。

但是我不能回家。

為了在他面前保持尊嚴我已經用了太大的力氣，我的身體像要炸開一樣被瘋狂充滿，我穿過樓群，繞過超市，從另一個大門走上街道，我不能回家，我透不過氣來，我沿著大街一路走去，我需要孤獨，我需要夜晚的涼風。愛情是一種病，一種容易在初夏傳染上的病，我得醫治它，因為它不值一提，它轉瞬即逝，它不可捉摸，它讓人出乖現醜，誘人哭泣！

我就這樣一路狂走下去……

我回家已經很晚了，開門的聲音把老媽引了過來。

「回來了？剛才陳天來過兩次電話。」

「噢，知道了。」

「他說你不用給他回了，他會再打給你。」

「好。」

「早點睡吧，別又搞得太晚。」

「好，我就睡。」

我微笑著答應，送走了老媽。可憐的老媽，她要是知道我愛上了這個打電話的男人，她會怎麼說?!

他打了兩次電話？他想安慰我。他要我不用回了，他說他那裡晚上有人。

我很高興我沒有接到。要不然能說些什麼呢？我又要強顏歡笑，裝出深明大義的樣子。我不在，這就是回答。

64

第二天傍晚，我打車去見他。他再不開車來接我了，因為有人發現他的車常停在我家樓下，我們車裡的兩人世界也結束了。

「昨天晚上你去哪兒了？」

「沒哪兒，在外面玩。」

他盯著我看，盯得我心臟縮緊，眼睛發疼，我知道我騙不過他了。

「我愛你，你滿意了吧！」我狠巴巴地說。

「別這樣了，讓我心疼。」他說。

他說的時候溫柔極了。

有一件事暫時救了我——陳天去英國了。

那天下午我去剪頭髮，他打了電話來，他正帶著兒子在公園放風箏，想讓我過去，等我回來回電話他已經要離開了。

我說：「你去倫敦躲清靜了。」

他老實回答：「是，可要想躲清靜，這清靜前就格外的忙，陪誰都不合適。」

唉，他也真夠煩心的。

「別擔心，就把我放在你名單的最後一個吧。」

他想說什麼，最後嘆了口氣什麼也沒說。

幾個月前他問過我多次，要不要和他一起去英國，我一直拒絕。如果他再問我，英國？地獄我也照去。但他不再問了，我也不會再提。他上飛機前還從機場打了電話來，他總是試圖周到，可大家還總是不滿，倒楣的陳天。

他走了，至少我不用再整日考慮怎樣才能見到他，怎樣才能和他多待一會兒，我滿足於對他的想念，我也可以安靜下來。

黃昏時分，我大敞著窗戶，風吹進來，帶著一種癢癢的，讓人麻酥酥的氣息，身體在收縮，胃在疼。這就是血液裡流動著愛情的感覺。

鏡中的人瘦了，而且蒼白，像窗簾飛動時就也會被捲走一般。我坐到電腦前，新買的電腦，我準備寫我的劇本，寫下的卻是另外的文字——

白天下了一場暴雨，真是美麗。看不到雨，只是一陣陣白煙席捲過屋頂。樓下飯館門口掛的紅燈籠被風裹去，一個年輕的小夥計躥出來追。兩個孩子騎著車尖聲大叫著跑了。一會兒，便什麼都不見了，只有雨。雷打得很響。

想你會想到落淚，是我始料不及的。

每天晚飯後我都獨自出去散步，我知道習慣獨處是我長大的標誌。小時候可不是，嬌寶貝一樣黏著人，上中學的時候他們背地裡管我叫「甜膩膩」的女孩兒，再大了落了個外號叫「寶寶」。

後來我漸漸明白——人對他人的需求越少，就會活得越自如越安詳。沒有人，哪怕他願意，也不可能完全滿足另一個人的需要，唯一的辦法就是令自己的需要適可而止。所以我感到對你的需要太過強烈的時候，我便會責罵自己，會抑制自己，會想到貶低它，令它平凡一些，不致構成傷害。

波蘭斯基在他的回憶錄裡說：我懂得了愛情與喜劇、體育和音樂沒有不同，在享受愛的同時，人們可以感到生活輕鬆自如……他有此感受的時候大約三十出頭，《水中刀》剛剛獲得奧斯卡最佳外語片獎提名，正是春風得意，身邊很有一些美女。不知道你有沒有過相似的感受，也許愛情應該是這樣的吧。在我散步的時候想你，禁不住輕輕微笑的時候，愛情就是喜劇和音樂。但另一些時候，是折磨。但是折磨也很好，為什麼是古希臘的悲劇而不是喜劇更能體現人類精神呢？因為令人類自己敬重自己的品質都不是輕鬆愉快的，都是些對不可抗拒的命運的倔強態度呀，保持尊嚴的神聖企圖呀什麼的。我以前一聞見點兒悲劇的氣息就會不顧一切地往上衝，倒楣的浪漫情結，現在是怕了，想把愛情當喜劇和音樂了。

我想你一定也希望如此。

65

我打電話問老大：「有什麼可幹的？」

老大哼哼嘰嘰地說：「還能有什麼可幹，叫上眾人出去搓飯唄。」

於是我們分頭打電話叫了所有的閒人，約在三里屯的City Club見面，然後就吃飯地點集體討論，以舉手表決的方式選定了去亞洲之星吃印度飯，然後三人一組打車前往。

我們到了三環路路邊下車進飯館的時候，幾個等在門口衣服破爛的乞丐圍上來要錢，當著這麼多人掏錢包我可不好意思，沒理睬。別的人也都漠然視之地走過，只有徐晨不耐煩地揮舞著手臂，低低地厲聲喝道：「滾蛋！」

服務員幫著拉開門，要飯的在我們身後散開，各自回到原來的角落。

大家坐定點菜的時候，我招呼對面的徐晨：「伸出你的手讓我看看。」

「幹什麼？」他伸了左手給我看。

「兩隻。」

他又放上一隻手：「怎麼樣？我能找到完美愛人嗎？」

「未來的事我可不會看。」

他雙手的感情線，密密麻麻生著一排排下羽，我讓他收了手。

「怎麼樣？」

「有同情心。」

「沒錯！那些女孩兒，是因為可憐她們才跟她們上床的。看她們可憐巴巴的，不就是跟我上床嘛，又不費我什麼事，只要別長得太難看了。」

「我看是女孩兒看你可憐巴巴，挺大的人了，又是一作家，不好讓你難堪！」

用不著我開口，自然有人聽不下去，追著趕著大加諷刺。徐晨梗著脖子腦袋轉來轉去地欣然接受別人的炮火，要打擊他可不容易。

這一桌上大概只有我相信徐晨的話有真實成分，他是我見過的心腸最軟的人。

徐晨上小學的時候常常把街上的乞丐帶回家，趁父母還沒下班的時候在廚房裡給他們吃這吃那，送給他們自己的鋼筆、尺子。上中學以後依然如此。當然，他純真的心靈必定要受到打擊，慢慢能夠分辨謊言，家裡的東西一次次被竊，被人嘲笑挖苦，被父母訓斥。上大學以後他不再給要飯的一分錢，而且看見他們就讓他們滾蛋——是出於對自己性情惡狠狠地矯正。鬧不好他私下為自己的心軟感到可恥，看他一次次和女孩分手，我簡直懷疑他是在磨練自己的冷酷無情。

66

正如徐晨所說，他的生活可以用一句話概括——接受打擊。

我大學畢業的時候，徐晨在中關村的一家小電腦公司上班，他有時候下班會順路來看我，我們坐在樓前的大榕樹底下聊天。

我不知道那天我說了些什麼，總之，我一定是看起來很快樂，他在邊上觀察了我半天，忽然說：「你真是個幸運的人，到這個年紀竟然還沒有事情來把你打垮。」

我被他說愣了，想著果真如此嗎？

「等著瞧吧，上帝的花樣可多著呢，那件事情總會來的，它會來打垮你，你躲不過的。」他近乎嫉妒地斷言。

「有事情把你打垮過嗎？」我問他。

「當然，你還裝著不知道。」

「我是不知道，你沒告訴過我。」

「你。」

「我？你是指……」

「對。如果追根溯源，我的信念是在哪一天崩潰的，就是你離開我的那一天。在那以前，我根本不相信你會真的離開我，對我來說那只是鬧鬧，過後你總會回到我身邊。但是你真的走了，很長時間我都不能相信──那就是說這個世界什麼都可能發生，我的意志對它不能發生任何作用，它與我頭腦中的世界毫不相干。對你我也感到驚奇，我彷彿第一次意識到你是另一個人，也要吃東西，要呼吸，有著獨立的胳膊、腿，獨立的意志，我們之間不是我想像的密不可分。是，我對你也要呼吸這件事都感到驚奇。總之，那一天我忽然明白，這個世界不是我從小以為的那個世界。」

「不是我，也會是另一個人，總會有人讓你明白這個。」

「對，當然。但是，你是第一個。如果第一個誓言不必遵守，以後的誓言也就不必遵守我一直努力在世界和我之間建構起一道屏障。這中間只有一個漏洞——

了。」

「抱歉我充當了這個不光彩的角色，就假裝我是無辜的吧，我只是被生活利用了。」

他笑起來：「你的確是無辜的，不過有時候我可不這麼看，我認為你是和生活在私下訂定了什麼鬼契約，合謀害我。」

「知道我為什麼沒有被打垮嗎？」我問他。

他搖搖頭。

「因為我們有個本質的差別，你是個樂觀的理想主義者，而我從小就是個悲觀主義者。你對世界充滿了幻想、憧憬、過多的奢望，但我則充滿了不安和警惕，認為每一點歡樂都是我從生活手裡非法獲得的，僥倖奪取的……所以看到生活的真相你就會崩潰，而我倖免於難。」

「討厭！以後我要有孩子一生下來就對他進行地獄教育，這樣他但凡有點兒快樂就知足了。不過最好就是不要有孩子。」

「但是，早晚有一天……」他想了想肯定地說，「早晚有一天，你會瘋狂地眷戀某樣東西，除非你一直適可而止，不過我不信。你肯定會瘋狂地眷戀上什麼，哼哼，到時候等著瞧吧。你根本控制不了自己，想去抓你抓不住的東西，只要這世界上有一樣東西引起了你這種感情，你的堡壘就不攻自破了！等著瞧吧，我倒真想看看那是樣什麼東西?!」

他樂不可支地唾沫亂飛，完全像個癲狂的預言家。而我只是不以為然地笑著。

「好吧，我們等著瞧。」

因為有了樂觀與悲觀的本質區別，我和徐晨對一切事物的觀點便都有了分歧。

比如，徐晨認為人多數人都不是人，只有個別那些具有創造力的，給人類帶來進步的人才是真正的人，所有的非人都得益於這幾個真正的人的存在。但對我來說，他所謂的真正的人根本就是特例，是偶然，是人的變種——是神。而大多數的，那些平庸、下作、無聊，只求生存的才是真正的人。

再比如，他認為對空虛的恐懼就是對死的恐懼，我們的一切企圖都是為了抵抗這死的恐懼，它是一切生命活動的根本。而我認為對空虛的恐懼是對空虛本身的恐懼，多虧有了死的保證，人才不致陷入瘋狂，想想如果給沒有意思的生命再貼上永不過期的標籤，我該怎麼打發這日子？

這些分歧的最終結我可以心安理得，而他惶惶不可終日。

我一直努力在世界和我之間建構起一道屏障。

這中間只有一個漏洞——

「早晚有一天，你會瘋狂地眷戀某樣東西，除非你一直適可而止，不過我不信，你肯定會瘋狂地眷戀上什麼，哼哼，到時候等著瞧吧。你根本控制不了自己，想去抓你抓不住的東西，只要這世界上有一樣東西引起了你這種感情，你的堡壘就不攻自破了！」

我一直記得徐晨的話。

這一天不會真的到來了吧。

我想到陳天，不寒而慄。

67

陳天回來了。

但他沒時間見我，他的另一個女友搬進了他家。

「我被整日監管了。」他在電話說，「但是監獄裡有報紙，我可以看你的專欄。這篇我喜歡——〈美感毫無用處〉。」

〈美感毫無用處，愛情有害健康〉——講的是我和老K的事。

有一陣子，我和老K的感情很好，於是決定去他們家拜訪。拜訪結束後，我問老K他父母說了些什麼。老K支支吾吾，顧左右而言他，我就斷定他父母肯定說了什麼，非要他說個清楚。老K看瞞不過，被迫說了實話：「我媽說你窄胯骨，圓屁股，不適合生孩子。」

老K的母親是個婦產科醫生。

我震驚之餘冷笑兩聲。

「從來沒聽過這麼實用主義的說法！難道我是專用來生孩子的嗎？」

「她喜歡孩子嘛，又是個醫生。」

老K竟替他母親辯解，而沒有替我感到憤怒，我暗自記下了他這筆黑帳。

想想吧，我又不是一個黑人，能長出這麼個後翹的屁股容易嗎？這簡直需要突破人種的局限。而老K的母親竟想把縱向發展的屁股、引向橫向發展的道路，把美感引向實用的泥潭，把「窄胯骨，圓屁股」變成「寬胯骨，扁屁股」，為了在肚子裡給孩子製造一個更大的生長空間，我一輩子都得帶著個大扁屁股招搖過市。

對於一個藝術工作者來說，這種以實用代替美感的說法不可原諒！

老K因為母親的關係，在家耳濡目染，對生理衛生很是在行。

有一次我們激情洋溢的時候，他忽然說：「經期的時候不能做愛，這樣對你不好，老了容易得骨盆腔炎。」

我乾脆地回答他：「我才不管老了的事呢！」

得承認老K本意很好，值得推崇。可是老了不但容易得骨盆腔炎，還容易得糖尿病、心臟病、腦血栓、肝硬化、癌症，在做愛的時候提這個至少可以算是不合時宜。這麼說吧，如果我愛他，我便很難出於對「老了會得骨盆腔炎」的考慮而一星期不跟他做愛。

愛情可能是有害健康的。

後來和老K分手，不能不說他母親和他這兩次關於生理衛生的談話都是原因之一。——非我族類。

我把文章的後半段刪了，加了一些別人的故事，給了《戲劇電影報》。

「我喜歡是因為它讓我想起你的樣子。」

「你還記得我的樣子嗎？你說，我是單眼皮還是雙眼皮，嘴邊的痣長在左邊還是右邊，眉毛是挑的還是平的，身上到底有沒有胎記？回答我。」

「等你來了，我一樣一樣回答你。」他把我的話當成挑逗，我卻忽然沒了興致。

「算了，我都不記得你到底長幾條腿了。」

「抱怨。」他向我指出。

「好吧，我不抱怨，但是你要給我補償。」

「又是一個債主。」

債主？這是一個危險而難聽的詞，他第一次使用它。

68

十天以後的晚上十一點，我見到陳天。他坐在黑暗中，整個樓都在停電。我是摸黑上來的，那深一腳淺一腳的緊張感覺使「偷情」這個詞變得十分形象。

掏出帶來的蠟燭點上，晃動的燭光裡他的臉恍恍惚惚，缺乏真實感。我伸出手去抓他，抓住了他陷在陰影裡的胳膊，至少他的身體是真實的，有溫度，有重量，有彈性，在那兒占據了沙發的一角——我唯一能抓住的東西。我就那麼一直抓著，不鬆手，什麼也不想說，我只想我的手不是空的，我的懷抱不是空的，不想聽情話，再好聽的也不要，情話是空的，愛也是空的，我有的一切都是空的。上帝保佑柏拉圖，讓他的愛見鬼去吧，我要這真實可觸新鮮欲滴完全物質的愛情。我們做愛吧，我需要你的重量壓迫我，你的熱氣吹到我臉上，我需要感到被充滿，被搖撼，被烘烤。我們上床吧，我們亂搞吧，我們偷情吧，既然我們是這樣的狗男女，我們一而再再而三地偷情吧，在這燭光裡，在這夜深人靜之時，就算我們打出寫滿愛的大旗也不能改變這個事實，就算你堅持不和別的女人做愛也不能改變這個事實，我們來偷情吧，或者我們天生就喜歡偷情，任何正常的愛情都不能滿足我們，我們需要眼淚，需要曖昧，需要分離，需要越過藩籬，需要可望而不可即的一切，難道我們沒有心懷傲慢？難道我們沒有恬不知恥地高唱頌歌？我們來偷情吧！

「你是雙魚座？」陳大開車送我回家的時候忽然問。

「不是，為什麼問這個？這不是你的話題。」

「他們說雙魚是為愛而生的。」他看了我一眼，沒有說下去。

為愛而生，很多人這樣標榜自己。為愛而生？不，我不為愛而生，愛是我躲之不及的怪物，是人生對我拋出的媚眼，顧盼有情中生出的一點兒眷戀，是這世界將你抽空，打倒，使你放棄尊嚴的唯一利器。別大言不慚地談論為愛而生吧。

「我才不是雙魚座呢，我要是雙魚，早就鬧得你雞犬不寧，上躥下跳了！」我笑著吓他。

「我現在不是雞犬不寧嗎？」

「不知好歹。有我這麼克制的雙魚座嗎？」

「我不懂，我只是看了一眼徐小斌的小說叫《雙魚》。」

停了好久，車已經駛下了三環路，他說：「你的克制是最讓我難過的。」

這是陳天式的情話，說明他有著洞察一切的目光，他知道我是經過怎樣的克制才能對他溫和地微笑，才能順從他的意願，才能不每一分鐘都說我愛他，才能每一刻都抑制住擁抱他的渴望，我才能安靜地坐著，才能不哭泣，才能交談，才能微笑，才能生活下去……

他知道我愛他比我表現出來的要多，這讓他害怕。

後來他說：「你是一座隱蔽的火山，正冒著煙的火山不可怕，人們會避開它，但是你，你安靜地待在那兒，突然爆發的時候，便會毀滅一切。」

「放心吧，我這兒的地殼比別的地方堅硬得多。」

但是他明顯的並不放心。

69

陳天在倫敦街頭買了一張水粉畫，說：「長得像你，所以買了。」

畫中人是淺淺淡淡的一個影子，說像還真像，說不像也不像。

他給我帶回的禮物裡有一瓶香水。

「不要擦香水，至少見我的時候不要擦。」

他曾經這麼要求，我照辦了。

為了這句殘酷的話，他送了香水給我。

「你不是不讓我用嗎？」

「不見我的時候可以用啊。」

Nina Ricci的這款香水叫做「時空」，初聞起來非常清淡，但是隨著身體熱度的烘烤它會變得濃烈起來，完全出乎你的想像。

你最初聞到的氣味，和後來別人聞到你的味道完全不同。

你以為會清淡，實際卻濃烈，如同我的愛情。

70

我和愛眉在一家韓國飯館裡，對著兩份沒怎麼動的石鍋拌飯。下午愛眉打電話問我在幹什麼，好久沒我的消息了。我說沒事兒，老一套，出去吃飯吧，我正有事問你呢。我能有什麼事問愛眉？

現在除了陳天我還關心什麼？

「跟我說說金牛座。」

「金牛，最有美感的星座，熱愛一切美麗的事物，懂得享受生命的美好之處，金星這個詞就是維納斯。」

「不錯，繼續說。」

「非常有現實感，堅持生活在自己的天空下，在任何問題上都是安全第一。」

完了。我心說。

「你又和金牛扯上什麼干係了？」

「我們合適嗎？」

「天生一對，內心浪漫的現實主義者。不過我還要知道他的月亮、金星、火星和上升星座。」

「這個我可不知道了。」

「你來真的了？」她看了看我，說。

「這麼明顯嗎？」我驚道。

愛眉聳聳眉毛，表示用不著解釋。我沈默著，知道她在等著我開口，可我不想說，說出來可能會好過點兒，但是不，我說過我不會和任何人談論他，除了這個祕密我再沒有別的。

「我認識一個通靈的人，如果你想問什麼，可以問她。」

「通靈？你問過嗎？」

「沒有，我害怕知道。不過她非常靈，能說出你的前世今生，你可以打電話約她。」

飯桌上的氣氛變得很怪異，我記下了那個電話，我不知道我會不會打，我也害怕知道。

「其實，摩羯和雙魚也很合適。」愛眉說。

「你是指我和徐晨？」

「就是說你們倆。」

「土和水幾乎是完美的結合。」她解釋說。

「土和水，沒錯！我們倆合在一起就是一鍋泥水。」

「他能使你感到舒適，而你則使他安寧。」

「他能使我感到舒適，而且還能讓我感到不安！」

「當然有許多差異需要彌合。」

「你相信差異能夠被彌合嗎？」

愛眉沒吭聲，她不信這個。

「用不著替他操心，他忙著呢！他最近組織了一個B型血雙魚座協會，決定以後只跟B型血雙魚座的女孩戀愛。他認為在這些同類的女孩中找到他完美情人的機率更大。為了爭取時間提高效率，他還定了規矩，一年按春夏秋冬劃分，每三個月換一個女孩，她們分別是他的春女郎、夏女郎、秋女郎和冬女郎。」

「真行！」愛眉佩服得五體投地。

「的確。」我同意。

「他們能相處得不錯。但太相似就缺乏趣味，沒有好奇也就沒有吸引力。而且，在別人身上看到自己的缺點，是人最不能忍受的事。」

「要告訴他嗎？算了，他正為他這個計畫興奮不已呢！我最愛掃他的興。」

「你才掃不了雙魚座的興呢，他們只能自己掃自己的興。」

「好吧，我也應該向老大他們學——看他的熱鬧吧！」

不過這次想看徐晨的熱鬧也沒什麼好看，沒過多久，B型血雙魚座協會就解散了。

「她們都是假猛，說好三個月就分手，到時候就變卦！而且我都說了實話，說我不喜歡她了，她竟然不信?!非說我愛她。不可理喻。」徐晨又在抱怨。

「她怎麼能信呢？她是雙魚嘛！最主觀的星座，你忘了？」

徐晨聽出我的弦外之音，在電話那頭笑道：「你少來這套！」

我才懶得管他，我自己的事還絞纏不清呢。

71

穿衣服的時候，我看著陳天——一個受人尊敬的作家，一個已經開始變老的中年人，只裹了條浴巾趴在床上，一根一根地把我散落的頭髮撿起來扔掉，實在是十分滑稽！

「你真細心。」我挖苦他。

「就算這樣都不行。」

「我覺得你完全有責任寫一本《通姦大全》，把你多年的經驗告訴其他男士，對女人也有好處呢。」

他委屈地看著我：「別這麼尖刻，這不像你。」

「尖刻一直是我的優點。」

「如果被發現了，我就不得不離開你，我不願意那樣。」

我心軟了：「放心吧，無論以後發生什麼，我都不會責怪你。」

陳天已經說得很清楚，如果非要他選擇，他只能放棄我。

我不知道我為什麼對他的這個說法泰然處之，並未感到受了傷害，為什麼？我相信他愛我，我還相信他會在不得已的情況下放棄我？這是他媽的什麼悖論?!

72

好萊塢老明星法蘭克・辛納屈收集出版了一本《名人食譜》，裡面全是由名人提供的菜譜。沙朗・史東的菜譜叫「每日蘋果」。做法是：走到冰箱前，打開冰箱，拉開裡面的水果儲藏箱，拿出一個蘋果，然後張嘴咬下去。

這些天我基本上就是靠莎朗・史東的菜譜生活。

我一米六三，四十五公斤，冬天胖點兒，夏天瘦點兒，但左右不差三斤。別人說我瘦，自己不覺得。不過那個秋天快結束的時候我可真瘦了，瘦得要飄起來一樣，半夜摸到自己的手腕把自己都嚇了一跳，這是我嗎？孩子也沒有這麼細的手腕！要成仙了！

好吧，打開電腦，以我的痛苦再掙點兒稿費，這樣它至少還有點用處。

——多年來一直有人向我討教瘦之竅門，使我不得不一次次正視我的瘦，終於明白瘦弱是現代城市女性的標誌。

這個發現我得說是得益於我與髮廊小姐的多次閒談。每一個髮廊的洗頭小姐在熟識之後，都會談到減肥的問題，她們一無例外地對自己的身材不滿。胖，有些人並不能算胖，但有一點是肯定無疑的，她們都很健壯。這種健壯，粗壯的胳膊和大腿，過寬過厚的屁股，就如同她們臉上的紅暈一樣，是勞動的產物，是勞動後食量增大的產物。她們個個都想知道怎麼做才能變得和我一樣。好吧，祕方如下——要想臉色蒼白、細胳膊細腿、纖弱無力，一定要晚睡晚起，整日不見陽光，食欲不振，吃什麼都不香，因為吃得少也就沒有勁兒，沒有勁兒也就幹不了什麼重活，越不幹活也就越不想吃飯，如此瘦性循環。總之，要無所事事，最好再陷入無望的愛情，這是一個漫長艱苦的過程，你以為人人都來得了？

結尾段落我抄了一段《讀書》的文章：

「職業婦女之所以竭力減肥，艱苦卓絕地背起瘦美的重擔，為的就是擺脫傳統母親或家庭婦女豐腴的刻板形象，為了和至今還幹粗笨活路的勞動婦女劃清界線。這是一個女性蛻變的時代，有欲仙的興奮，也就難免欲死的折騰。」

73

亞東打電話來的時候，我厭煩得不行，但還是保持禮貌吧。

「你好！」我假裝沒有已經好幾個月不見他，而且也不準備再見他這回事。

「你怎麼樣？」

「很好。」

再寒暄下去我知道我會假裝很忙，他也會知趣地說只是問個好，說有空再聯繫。如果我不打，他已經被拒絕過一次，不會再主動打來了，一切over，不用多說一句話，大家萬一再見面也用不著尷尬，全都很得體。

但是，他對這一套知道得和我一樣清楚，所以他有話直說。

「下星期我要去美國了，恐怕不會常回來了……」

「是這樣。」

「明天你有空嗎？」

我停頓了一下，他在電話那一頭等待著。

「好，我們一起吃飯，或者去哪兒坐坐？」我先擺明自己的立場，他這麼聰明焉能不知。

「JAZZ・ya吧，晚上八點半。」

「好。」

我坐在JAZZ・ya等他，對他挑選的這個地方很不以為然，儘管這兒的雞尾酒一流，音樂也不錯。這是我和亞東第一次見面的地方，隨便挑選一個地點不是他的風格，他所做的一切都另有深意，這是我喜歡他的原因，我們什麼都不說，以試探對方的領悟力為樂。但以我現在的心境對這種遊戲實在興趣索然，希望他不要再搞出一幕在結婚前夜長吻我那種戲劇性的場面。

我坐在木頭椅子上喝可樂冰淇淋胡思亂想的時候，亞東進來了。他看起來依然很順眼，依然吸引我的目光，就像一年以前我從那亂哄哄的聚會上發現他時一樣。但是又怎麼樣呢？我熟悉他做愛時的神情，卻說不出他在哪兒工作。一家設計公司！沒錯。但是哪一家？他做些什麼？我真的不知道。

他說他要走了，移民去美國，他老婆已經去了。我說好啊，看來你運氣不錯，因為我表妹也要去美國，被拒簽了無數次，現在辦移民還要排兩三年的隊。他說是這樣，你沒想過出去嗎？我說不，除了出去玩，我不會住到使用另一種語言的國家。為什麼？因為我喜歡這兒，我有這兒的語言天賦，我生在這兒，長在這兒，

喜歡這兒的男人，只和他們談戀愛。不說我都沒注意到，我所有的男友都是北京人，只有很

少的例外，我可不是故意這麼做的，看來，我還是愛這城市的氣質，就算是我總是抱怨它空氣污濁，氣候惡劣。

他通常話不多，我是因對手而異，不過那天我們真閒扯了很長時間，肯定是我想顯得熱情一點兒，讓一切在友好的氣氛中結束。本來是可以做到的。

他還是那副冷靜的樣子看著我，眼睛瞇起來算是笑了。

「沒想到你還真能閒扯，以前沒發現。」在我說到對我來說有兩個紐約，一個是伍迪・艾倫的紐約，一個是馬丁・史科西斯的紐約時，他這麼說。

「你不喜歡他們的電影？」

「我對電影一竅不通。」

好吧，我不再替你打圓場，你非要在臨走時搞出點兒驚人之舉？那好吧。我盯著玻璃杯中已經融化進可樂的冰淇淋，不再出聲。

他嘆了口氣，嚴肅起來，「我不知道該不該說，我知道我再忍一下我就走了，我就永遠不會對你說了。但是我很自私，我害怕如果我不說出來，我會因為想著這些沒說出口的話而記住你。我不願意在美國還想著這件事。」

我抬頭看了他一眼，我的臉肯定緊張地脹紅了，他便笑了。

「你以為我要說『我愛你』吧？是不是？」

「我沒以為什麼。」我抬起眼睛，有點兒不快。

他依然帶著笑意看著我。

「你想說什麼？」我問，感到煩躁。

「我每次想說什麼，一想到你會覺得我在說蠢話，只好不開口了。」

「我沒覺得你在說蠢話，相反，你是個少見的聰明人。」

「當然了，因為我領會了你每一句話，每一個表情的言外之意。你喜歡我，但是僅此而已。」不要停留得時間太長，你該走了，別告訴我你的事，我不想知道！「我寧願我蠢一點兒，不知道你是什麼意思。你跟我說，是不是有人根本看不見你畫出來的那條清清楚楚的線？」

我怎麼回答？

「我以為你喜歡這樣，你沒有表現出任何……不滿，而且你結了婚。」我向他指出。

「別跟我說你有什麼原則，不跟結了婚的男人來往，那不是你要的最好的界線嗎？」

「不是那麼回事。」

「那麼還是有原因的，你突然不再理我了，但是你認為我沒有必要知道這個原因。」

「我已經受到懲罰了。」

「我也說不清到底怪你什麼，可會是怪你沒有給自己一個機會。」

「其實，給不給自己機會，要愛終究會愛的。」

「是嗎？」

「是。」我肯定了他的疑問，「──我已經上了賊船，而且它就要沈了。」

「是這樣。」他沈默了一會兒。

「算了，沒有愛上我，並不算什麼錯誤。」他最後笑著說，風度頗佳。

如果亞東是想打擊我，他做到了，這陣子我不斷地發現自己實際上是個自作聰明的傻瓜。

當然他不是為了打擊我，打擊我什麼？在正常的情況下這絲毫打擊不了我，也許倒會助長我的驕傲，但是現在不同了，——愛情使人變得如此卑微。我很希望有一天我也能像他一樣瀟灑地對陳天說：「算了，沒有愛上我，並不算什麼錯誤。」或者說，「沒有能從始至終愛我，並不算什麼錯誤。」但是我說不了這話，因為陳天拒不承認他不愛我。

按照小學老師的說法：同學們，亞東這件事說明了什麼？我會舉手回答——這件事說明了兩個相似的人，或者說兩個自作聰明的人根本不會有好結果。

就是這麼回事。——只有誤解才能產生異樣的魅力，才能引發愛情。

74

十月底，《小童的天空》以合拍片的名義送審被打了回來，已經準備開拍的劇組頓時亂了手腳。

修改劇本的任務又落在我頭上，我去「天天向上」聽了情況，提出的意見對劇本是致命的，很難修改。

我剛到家，陳天的電話就跟來了。

「怎麼了？有什麼事忘了？」

「沒事兒，我只是想你受了打擊得安慰安慰你。」

「我有那麼脆弱嗎？」

「你筆下的女孩都很堅強，我想人都是缺什麼寫什麼。」

「你是真知道，還是天生會說好聽的話？」

「喂，這是惡意的！」

我拿著電話笑了。是，我需要他的安慰，就算他只是天生會說好聽的話，我需要好聽的話，動人的言詞，這由水星和金星美妙的合相產生的天賦，如果這天賦再加上一雙透視人心的眼睛，我只能舉手投降。

75

冬天來了，這對陳天是個嚴酷的冬天，對我也是。

每樣事都出了岔了，一樁接一樁，樁樁都是非個人之力所能逆轉。陳天陷在事務糾纏中難以脫身，他已經三番五次要求離開公司回家寫作，為此和公司鬧得很不愉快。一大攤子事擱在那兒，他整天愁眉不展，無可奈何。我聽到不只一人抱怨，說他當時熱情地攬下了很多事，現在又突然甩手不管，把大家都擱在當中。

我只能聽著，他已經承受了太多壓力。

《小童的天空》像其他的事一樣被擱在半空，香港的製片方打電話給我，說已經拖延得太久，又找不到陳天，陳天的女祕書還跟他打官腔，讓他找合拍部去。我還是只能聽著。我不會為這事詢問陳天，和他在一起的每一分鐘對我都很寶貴，我不想說這種閒話。而且，這件事本來就是由他而起，他要怎麼樣就怎麼樣。

我知道我已經完全違背了為自己制定的原則，這是必然的結果，我背離了第一個原則愛上陳天，以後就只能一發不可收拾。這有點像徐晨的理論——第一個誓言不遵守，以後也就都不必遵守了。我的人生已經毫無原則，唯一的剩下了一點兒邏輯也是陳天的邏輯。

那真是一個多事的冬天，對陳天最可怕的打擊終於來了——他父親去世了。

我有一陣子沒有見到陳天了，他的聲音完全啞了，因為牙疼整個臉都腫著。我非常想安慰他，但是我不行，我是他的另一個麻煩，我能做的只是躲開他，讓他安靜。

他不再每天打電話來，間隔的時間越來越長，但我還是每天在電話旁等待。

那個陰霾滿天的冬日是陳天最委頓、沮喪的日子，他看起來判若兩人，毫無生氣，陰鬱沈默，令人心酸，他說他聽到紀念活動上大家對父親的評價止不住地流眼淚，他說：我死的時候不知道能不能像父輩一樣受到由衷的尊敬。他說他整夜在三環路上開車，他覺得他的創造力枯竭了，他不知道該怎麼辦，有時候恨不得衝著圍欄撞過去……

看見他的時候，他正在電腦前寫作，我遠遠地坐下，沒有說話。

他一直背對著我，不曾回頭，那個背影讓人滿心淒涼，莫名難過，不知為什麼忽然想起張楚的歌，那句歌詞飛到我腦子裡——他「已經蒼老，已不是對手」。

他在那個冬天突然老了，他還要繼續老下去，我不願意他這麼覺得！已經許久沒有過這麼深刻的憐惜之情，我無能為力，我的手不能撫平他的皺紋，不能給他安慰，也永遠不可能責怪他。

那個冬天我顧不上替自己難過，如果什麼能讓他快樂起來，我什麼都願意做。問題就是，我什麼也做不了。

過了很久他才站起來，走到我面前，一聲不出，忽然蹲了下去，抱住我的腿，頭垂在我懷裡……

——我的心已經化成一灘水，那灘水酸酸的，要把我淹沒了。

76

陳天不再去公司了，他的腦袋完全被別的事佔據。對別人的不滿他只說了這麼一句話：「我好人也做過了，就做一次壞人也沒關係。」

77

父親的去世對陳天的影響非他人能夠理解，他重新縮回他的小屋，思考他的創作。

「你的書是寫給誰看的？」在那以前，我曾經很正經地問他。

「寫給看書的人。」

「對，當然是看書的人，但是是什麼人？」

「我不知道，也許是以後的人，還沒出生的人。」

「這也算是一種答案，至少說明你對自己有信心。」

「其實我只是做我自己喜歡的事情罷了，我不是野心勃勃的小夥子了。你呢？你寫給誰看？」

「電視劇嘛，自然寫給老百姓看，他們看不看其實我無所謂。」

「你『有所謂』的東西呢？」

「寫給自己，寫給跟自己同類的人，其他的人隨便。」

「我知道你會這麼想，很多年輕作家都這麼想。」

「你呢？你怎麼想？」

「我在美國的時候去華盛頓的國會圖書館，你知道那有多大？在那浩如煙海的圖書中，你有必要再加上自己的一本嗎？這一本有什麼價值？有它獨特的必要性嗎？為了興趣或者爭名逐利寫作我也理解，但這不是寫作的終極目的。」

「會有什麼終極目的嗎？人生又有什麼終極目的？」

「你搬出了虛無，一切問題就都不能談論了。虛無可以顛覆一切，我們要談論任何問題都必須預設一個對生命的肯定答案，否則就無法進行下去。」

「ok，假設我們的生存是有意義的，有目的的，不是偶然，不是被迫，不是自然隨機的選擇，美和善的原則的確是宇宙的原則之一。寫作是為了什麼？」

他笑了笑，以拍拍我的頭代替了回答。

是的，要談論任何問題都必須預設一個對生命的肯定答案，這樣我們尋求意義的活動才能得到肯定和讚賞。但是我給不了自己這個肯定的答案，我想知道在一個否定的答案下，我該如何生存下去？我在其中找到的欣喜之事就是尋求美感。這一切都跟意義無關，所有的愛情、激動、感動、慰藉、欣喜、倉皇、痛苦都不是意義，只是感官的盛宴。我想要的就是這樣的盛宴。

我和徐晨也曾經為哪一種藝術更高超而爭吵，也許我一直以平庸的態度愛著藝術，不過把它當成了逃避乏味人生的甘美草地。講述和描繪可以使枯燥的生活顯示出意義，我總是想拿起剪刀把那些歲月剪輯成一部精緻的電影。如果有人兜售這樣的人生，我想人們會傾其所有去購買。電視劇總是不能像電影一般精美，因為它像生活一樣太過冗長，人們渴望日復一日的幸福，其實有了日復一日也就不再有幸福。

我和陳天對我們的工作談論不多，後來就更少。我們倆的共同之處更多是在情感取向上，而不在藝術見解上。

陳天是個頗能自得其樂、享受生活的人。他對世俗生活有著一種我所不理解的濃厚興趣。他非常貪玩，下棋，釣魚，打麻將，玩電遊，吃飯喝酒和女人調情，對名利一向不怎麼上心。骨子裡當然是驕傲的，許多事不屑一做，許多人不屑一理，對一些必須為成功付出的代價表示不以為然。他的這種世俗風格十分中國化，

跟徐晨夜夜笙歌的頹廢完全不同。

我和陳天相差二十歲，簡直就是兩個世界的人。四、五歲的時候，我媽開始教我背：「鵝、鵝、鵝，曲項向天歌，白毛浮綠水，紅掌撥青波。」到我可以自己選擇書籍，我得說就沒好好看過一本中國書。我所有的情感方式、價值判斷、興趣愛好都是西方式的，這「鵝、鵝、鵝」在我身體裡到底占了多大部分，實在難說。

我的西方式的、極端的瘋狂，撞在了陳天軟綿綿的、不著力的善意裡，完全消解了。有一點

倒是可以肯定，陳天不是我的吸血鬼，對我的奇談怪論也不感興趣。

我說過，陳天的文字像吹一支幽遠綿長的笛子，不急不躁，娓娓道來，平實自然，體貼入微，細是細到了極處，像是什麼也沒說，卻已經說了很多。

那笛子好是好，但終究是與我無關。

唉，我們到底是以何種名義相愛的？真是一頭霧水。

78

在我最想念陳天的時候，有過各種念頭。一定有某種辦法，讓他把他的夢境賣給我，那樣我便擁有了他的夜晚，每夜等他熟睡之時，我們就可以相會。

我床頭放著一本《哈扎爾辭典》，抓起來就能讀，不管是哪一頁。我對書中的阿捷赫公主著了迷，因為她擅長捕夢之術，能由一個人的夢進入另一個人的夢，在人們的夢中穿行，走了數千里的路，為了死在一個人的夢中。

我常常夢見陳天，醒來時便恍恍惚惚，或者是根本不肯醒來，打定主意用被子裹著頭，閉著眼渴望睡去，再睡下去，讓夢中的陳天繼續說話，繼續微笑，繼續他的溫存。

「你從不早起，就像這個女孩。嫁到鄰村後，她不得不早早起床，當她第一次看見田野裡的晨霜時，她說：『我們村裡從來沒這東西！』你的想法和她一樣，你覺得世上不存在愛情，那是因為你起得不夠早，無法遇上它，而它每天早晨都在，從不遲到。」

起床的時候已是傍晚，隨手拿了包餅乾吃，那本哈扎爾書在旁邊，一翻便是這一段。

我一遍一遍地讀它——你從不早起，就像這個女孩，從不早起，因為你起得不夠早，你無法遇上它。我們都起得不夠早，就這樣把愛情錯過了，我們早早起來，卻害怕外面的寒冷不願出門，就這樣把愛情錯過了，我們在去田野的路上跌倒了不肯爬起，就這樣把愛情錯過了，我們早早起來來到田野，眼睛卻已經瞎了，

就這樣把愛情錯過了，就像這個女孩！

令人絕望。

79

「剛剛寫完，我先睡了。完了事你來吧，門我開著。」早晨八點，陳天打電話給我。

那天的整個上午我都戴著墨鏡，一直戴著，談事的時候也戴著。讓世界在我眼裡變得模糊一點兒吧，這個世界與我無關，唯一有關的是你，為了和你相會，我願意一直睡著，睡著，在別人的辦公室裡睡，打電話的時候睡著，下樓的時候睡著，在計程車裡睡著，付錢的時候睡著，直到見到你才醒來，你才是我真實的生活，其他都不是。

但是你，只有在你睡著的時候才能屬於我。

我三言兩語打發了一個製片人，打了車往他那兒趕，上午十點，這是我應該熟睡的時間。

我上到三樓，如他所說，房門沒鎖，一推就開了。房間裡很暗，窗簾低垂一人造的夜晚。書

房的門敞開著，很重的菸味，電腦螢幕保護的那缸熱帶魚在黑暗中無聲地游動。

他在床上，在熟睡，被子蒙住了頭看不見臉。

我站在臥室門口，開始脫衣服，一件，一件，脫得一件不剩。

走到床前的時候，我突然感到恐懼，也許我進錯了房間？也許上錯了樓層？也許這個熟睡的人不是陳天？也許我馬上就得奪門而逃？

而我一絲不掛地站在這兒！

房間裡的鐘滴答作響，我不知所措地站著，覺得冷。

終於，被子裡的人翻了個身，臉從被角露出來。

陳天甚至沒睜眼睛，也沒有人說話。我懷疑他會這樣抱住隨便哪個溜進他房間的女人，愛撫她們，和她們做愛。這個人造的夜晚蜜一般稠膩，它模仿得如此之像，甚至讓真正的夜晚無地自容。他開始在我耳畔輕聲述說，含糊不清，如同夢囈，要想聽清就得從這白日夢中醒來，但我醒不過來，就讓他說吧，聲音便是意義，他的話語不過是交歡時的頌歌，不必聽清，也不必記住，讓他說下去，說下去，作為超越塵寰永不醒來的咒語。

兩個多小時以後，他又睡著了。我像進來時一樣，悄無聲息地溜下床，穿好衣服，溜出門去。但是，我把他的房門牢牢地鎖好了，我可不希望另一個女人也這樣溜進去……

像我希望的那樣，陳天把他的夢賣給我了。等他醒來，他會以為他只是做了個春夢。而我，像阿捷赫公主一樣，能夠把夢中的東西帶進現實——他的親吻還留在我的身體上，鮮紅如血。

我幾乎快樂地微笑了。

走到大街上的時候，才發現天氣竟是那麼的晴朗，太陽暖洋洋地照著，幾乎有點兒刺眼，春天要來了。路邊一個舉著報紙的年輕男人抬起頭注視著我，面帶微笑，我想是我臉上的笑容吸引了他，我棕色的軟皮外套和米色褲子在這天氣裡如此輕巧和諧，我在那個陌生人的笑容裡穿街而過。

80

老林的第一句話就是：「知道了嗎？徐晨的醜事！」

「不知道。快講快講！」

「一句——醜態百出！」

徐晨一有點兒什麼事，他周圍的朋友就會如此奔走相告，興奮不已。徐晨也知道，並且甘當醜聞男主角，他會說：「生活本來就夠枯燥的，有點兒樂子也不錯。」

這次的故事是這樣的。

徐晨一直在堅持不懈地尋找他的夢中情人，要靠自己一次一次地親自考察、鑑別，他覺得效率太低，於是決定借助網路。他公布了自己的郵箱地址，引來眾多女讀者的來信，他便在其中慢慢篩選。在一番必然的希望和失望之後，一個女孩兒終於讓他怦然心動，有了欣喜之感。她像是老天特別為他準備的，對他的愛情充滿憧憬，對他的喜好瞭如指掌，信件的文筆也算不錯，最要命的是句句話正中要害，說在他心坎上。徐晨開始有了惶惶的期待。為了不白費工夫，他早就練就一張厚臉皮，直截了當地詢問女孩的身高、體重、腰圍尺寸、皮膚是否白淨、臉上有沒有大包。（他最恨臉上長大包的女孩。）女孩一一回答了，還發過來一張照片，真是百裡挑一，樣樣合意。徐晨抑制不住地把這件喜事告訴了大家，因為激動又結巴了起來：「這次像是真的了，這次像是真的了！我試探了好幾次，像是真的了！」他問大家要不要見面？大家都說：見啊！徐晨便向女孩發出了見面的邀請。女孩猶豫了一下，終於還是答應了，兩個人約在星期六下午六點在德寶飯店見面。徐晨說：「如果你是，我會認得出你。」

生命中真的有奇蹟不成？我們沒遇到是因為我們沒有徐晨的誠心？

那一天的氣氛十分緊張，林木和老大他們都聚在了一起，隨時等待徐晨的好消息。徐晨臨行前打來電話，說：「如果真的不錯，我會帶她去和你們一起吃飯。」

六點鐘，七點鐘，朋友們餓了，叫了飯菜邊吃邊等，徐晨的電話一直未來。

這是一個騙局，兩個和徐晨一起長大的朋友製造的騙局！

生活中當然不會有什麼奇蹟。

一個年近三十的人，竟然天真到相信網上的來信和照片，他不出醜誰會出醜？

放下老林的電話，我馬上撥了徐晨的電話，他們已經為這事笑了他好幾天，我也準備取笑他。

「喂，聽說你的故事了！」

「是，我沒法兒原諒他們。」徐晨竟說了這麼一句，我取笑他的念頭頓時沒了——怎麼回事？徐晨對任何人都很少說原諒不原諒的話，他記仇的時候不多，也就談不上原諒。我知道有人對他做過比這過分十倍的事兒，他都能一笑置之，況且他們是他從小的朋友。

「我在大堂等著的時候，看見老丁一晃而過就覺得不對勁兒，過一會兒又看見了阿九，手裡舉著個攝像機在那兒拍呢。我站起來想走，他們在後面跟著。他們怎麼能這麼幹？我還把他們當成好朋友。」

「他們只是想開個玩笑。」

「別的都能開玩笑，這個不行。」

「你怎麼了？你不是個計較的人，比這過分的事兒你都無所謂，在網上男裝女、老裝小的事多了，網路嘛，你怎麼能當真？」

「不是那麼回事兒，你不懂我的意思嗎？看來你還是不瞭解我。那天晚上，我妹妹正好從美國打電話來，我跟她說了，我還沒說完，她就說，別說了，永遠忘了這件事吧。跟夢想有關的一切對我是禁忌，在生活裡你可以隨意傷害我，我無所謂，但是你不能碰我的夢想。」

我被徐晨說愣了，悽惶地掛了電話。

老天保佑，這世界上還有一個明白他的人！真慚愧。這件事嚴重到什麼程度？徐晨跟這兩個從小一起長大的朋友絕了交。他也應該跟我絕交，因為我也取笑了他，而且我還自認為瞭解他。

這件事證明徐晨是無可救藥的，試圖喚醒他的任何嘗試，無論是好意、惡意還是無意，都會要了他的命。

81

網路美女事件對徐晨的打擊使我震驚，我震驚的是我原來還是不明白他！徐晨是我認識最久的一個人，我花了很長時間覺得已經洞悉了他的彎彎繞繞，但是沒有。這是一件可怕的事，也就說其實你不可能真正瞭解任何人，任何一個人！

很多年，我一直觀察徐晨，和他交談，希望知道他的真實想法。初見他的人會覺得他極其坦率，但實際他知道如何隱藏對他最重要的東西。但是他善於隱藏的天性會在一樣東西前暴露出真相，那就是——時間。當時間過去，最重要的東西變成次重要，他便會把它暴露出來，再去掩藏更重要的東西。所以時間越久，對他的瞭解會越多。他是個不可多得的人物，我觀察了他這麼多年，還未感到厭倦和乏味，我甚至更想知道他的人生會走向哪裡？人是可以像他那樣度過一生的嗎？一生率性而為，絲毫不理會「得體」二字。我總是以快樂的心情聽他講他的冒險故事，他製造的新的醜聞，我喜歡這個為「愛」而生的男人，在男人中少而又少。

許多時候我覺得他應該是激起我更大激情的人，但實際並不是。為什麼呢？我只能歸結為呼吸的節奏，或者血液的流速。如果非從理性的角度上說，我傾向認為是因為徐晨過分女性化了。他的情感方式，他對待世界的態度，他的挑眉吐舌頭的某種神情，甚至他對女人智力的蔑視都非常的女性化。我知道他是為人稱道的好情人，對街頭流鶯都溫柔體貼。我想只有他這樣的男人才能真正滿足女人的需求，因為他有著相同的需求。而我要的是更有力的愛情，而不是更纏綿的愛情。

徐晨很能打架，但極端厭惡暴力，他不能理解有人以暴力的方式表達感情。他性情柔和，對人沒有支配欲，心思細膩，柔腸百轉。他是女人們的夢中情人，因為他跟她們是如此接近。

徐晨是一個陷阱，溫柔的陷阱。他甚至具備一個好丈夫的素質，有耐心，懂得照顧別人，沒有絲毫的頤指氣使，做得一手好菜。他有什麼問題？一句兩句還真說不清。老大倒是有一句簡單之極的話形容他：「徐晨的腦袋和別人長得不一樣。」

對愛人百依百順的徐晨讓我產生一種奇異的不安感，那是種很難形容的隱隱的不安，在我們相愛的日子裡如影隨形。他愛你，但是你永遠也不知道他為什麼愛你，那可能是因為你戴的一頂毛線帽子有著柔和的紫色，可能是因為你走起路來有點兒奇怪的外八字，或者你在樹影下的微笑讓他想起某個夢中的場景，再或者是那天的月亮白晃晃的，在你脖子上畫出個讓他感動的弧線，什麼都有可能。他不會因為你努力表達的愛情多愛你一點兒，你懶散疲倦的樣子反而倒能激發他的熱情。他不是活在你所在的這個世界，你不是你，你只是恰好印證或者符合了他的幻象。

愛情是好愛情，只是與你無關。

那感覺慢慢會讓你覺得沒趣兒，到最後去見他的時候都懶得梳妝打扮。當然，你可以試圖瞭解他，猜測他的心思，但我敢保證你猜不對。我記得我有一件洗得變了色的白色棉布背心，並不常穿，那天穿著幹活兒，他來的時候沒有換我還有點兒不好意思，他卻喜歡得不行，說我穿著那件變了色的白上衣讓他感動不已。

他說過他喜歡溫順的女孩，懂得順從命運，我就溫順，言聽計從一無所求。到後來想離開他的時候，便反過來拚命表現不溫順，想讓他不喜歡我。他寫信來說：「你一次次地拒絕，我倒生出了好奇，難得你竟有堅持自己的勇氣，以前我還認為你過於溫順了。」

你既不能討好他，也別想惹他厭煩，他有他自己那套。

對他來說唯一重要的就是他的白日夢。現實中與他白日夢吻合的他就喜歡，相牴觸的他就討厭，絲毫不差的當然就是奇蹟了。

奇蹟從未發生。

82

已經又有好幾個星期沒有見到陳天了，見不到他慢慢成了我的正常生活狀態，我已經逆來順受，習慣於想念他，一聲不出地。

和徐晨、老大他們在「夜上海」吃飯的時候，陳天和幾個人進來了，一看見他我的胃就開始疼，我知道徐晨他們在注意我，要臉不變色也還是容易的。陳天也看見了我們，走過來。我很熱情地和他打招呼，別人也打，然後他們就在邊上的一桌就了座。老大可比徐晨壞，就在我對面毫不掩飾地盯著我，但我也不是省油的燈。

「幹嘛？」我問。

「沒事兒。」他說。

大煮乾絲上來了，這一桌的人馬上把陳天忘到了腦後，除了我。

一頓飯吃了兩個小時，我們結了帳起身離開的時候，旁邊的陳天起身跟我們道別，我低頭拿包一錯身的工夫，陳天像地下工作者一樣敏捷，在我耳邊極輕地說：「晚上來吧。」

我和他說再見走了。

晚上九點半我給他打電話，說我過去了，他說再等會兒，還太早，我又進了一家酒吧，獨自坐了一個半小時。差十分鐘十一點，他的另一個女友不是夜貓子，應該已經睡下，不會再去騷擾他了。我起身結帳，出門打了車。

「你在跟他們聊什麼？那麼熱鬧。」

「沒什麼，我忘了，胡說八道唄。」

「徐晨是你以前的男朋友？」

「誰這麼多嘴？」

「看，被我發現了。」

「八輩子前的事，有什麼可發現的。」

「嫉妒唄。」他說。

我沒說話，我都從沒提到過嫉妒，他竟然敢提？

他感到了我的沈默，忽然變了神情，看著我，輕輕地說：「為什麼不說話？你現在總是很沈默。」

是的，這是真的，我在他面前變得越來越沈默。「不愛說話」、「善於低頭」，這是他最早形容我的話，現在又變成了真的。為什麼？因為那愛太重了，因為要說的話太多了，我獨自一人的時候每時每刻都在跟他說話，那些話成山成海，我不知道該揀哪幾句說，我不知道和他在一起的這短短的兩、三個小時我說什麼才能真實而確切地表達自己，最後的結果就是沈默，沈默。

「你為什麼總是在電話裡跟我鬥嘴？見面就不了？」

「明知故問，你不知道為什麼？我的嘴忙不過來。」

他在電話那一頭笑，他喜歡我的伶牙俐齒。

我們再不鬥嘴了。

沈默不是我一個人的，也有他的分兒，那個神采飛揚的陳天已經不見了。

83

阿趙說去後海邊的「孔乙己」吃飯，老大說好好。他們都喜歡那兒的五年花雕和雪菜黃魚。開始也就七、八個人，後來人越來越多，從大廳換到包間，包間坐不下了又換到大廳，來回折騰了幾回才算坐定，林木已經餓得吃了兩盤茴香豆。那天大概去了不下二十人，後來全喝多了。

酒的事兒我向來不摻和，酒量不行，啤酒和黃酒同時招呼的狗子已經跟眾人戰了一圈，不知怎麼看中了我，非拉著划拳，我說我真的不會，大家都可以作證，他說沒關係沒關係，「剪刀、石頭、布」總會吧，我只好跟他「剪刀、石頭、布」。結果，出手不凡，連贏三把。三杯黃酒下肚狗子站了起來，拉開架勢，揮了揮大長胳膊，差點兒把旁邊阿趙的眼鏡打掉。再戰，還是我贏，狗子奇怪地抓頭，直往自己的手上吐唾沫。我則興奮起來，躍躍欲試口出狂言招貓逗狗，引來一幫人不服氣，都亮出手來跟我「剪刀、石頭、布」。十五把我贏了十一把，還是我厲害，不過四杯熱騰騰的黃酒一下子倒進肚子裡，我頓時暈了。

後來發生的事次序記不清了，好像是一群年輕女作家有北方有南方的，有醜女作家有美女作家，要求在座的男人把上衣全部脫掉，有不少人都脫了，徐晨死活不肯，說才不讓這些女人占便宜，除非她們脫他才脫。林木肯定沒脫，因為他當時坐在我旁邊，我把他拉過來當枕頭睡覺來著。後來不知是誰把鄰桌放在一邊的生日蛋糕給打開吃了，問是誰先吃的，誰也不承認，還都往嘴裡送奶油，兩桌人吵了起來，這邊正亂，老大抱了飯館門口供的魯迅半身像跳起舞來，再後來老大上一個片子的製片人大勇跟阿趙鬧了起來，阿趙「臭蟑螂」、「死耗子」地亂罵一氣，便開始摔杯子摔瓶子，推推搡搡，一片混亂，嘴頭上鬥不過阿趙的大勇從老大懷裡劈手奪過魯迅像向阿趙扔去，沒有砸中，魯迅掉在地上碎成兩半，狗子則站上桌子開始大聲朗誦「假如生活欺騙了你」，幾個女孩為他鼓掌叫好，後來有人打了一一〇，肯定是飯館的那幫孫子，後來地安門派出所的警察來了，其中有個帥小夥，簡直是偶像劇裡的警察，再後來老林把我和另外兩個女孩塞進一個人的車裡，那人我不認識，不過他把我送回了家。

後半夜我的酒就醒了，打電話給林木問怎麼了，他正在東直門吃夜宵呢。他說他們都被警車拉到了派出所，警察問大勇為什麼要砸魯迅像，大勇驚訝地說：「原來是魯迅啊，我還以為是孔乙己呢！要知道是魯迅肯定不會砸！」

最神的是張生，這個據說讀書破萬卷的文學編輯，說話細聲細氣，戴個小眼鏡，頭髮貼在腦袋上老像半年沒洗似的，席間他只跟我說過一句話——「廁所在哪兒」。我說走旁邊的門右拐走到頭，他笑眯眯地說：「我不相信你，因為你看起來像個兔子。」

什麼意思？

等警察錄完張生的口供他已經完全清醒了，抹了抹眼鏡批評起警察來，說這筆錄錯別字也太多了，語法也有問題，交上去能通過嗎？警察倒沒生氣，接受他的意見重寫了一份。

84

老大、老林和徐晨三個人接了一部警匪題材的系列劇，製片方肯定是不瞭解他們，把他們安排在了市中心的一家賓館集中寫作。就是把他們關在山裡他們也能找著玩的地方，何況是市中心。那家賓館成了眾人的聚會場所，熙熙攘攘，送往迎來，四個多星期，林木寫了一集，老大半集，徐晨快，是兩集。製片人基本上已經被他們逼瘋。那陣子我整天渾渾噩噩，害怕一個人待著，也跑到他們那兒去混。

一切關於生活、情感、夢想和準則的嚴肅話題，談到最後只可能導致悲觀、傷感，甚至絕望。我們橫七豎八地倒在金橋飯店的房間裡，唉聲嘆氣。

「誰今天開始談人生的，真操蛋！」老大翻了個身，屁股對著大家。

「他。」我一指徐晨。

「討人嫌。」老林說。

「還不是你們勾著我說的，自己點的火燒著了自己怪誰？」

「怪你，怪你，就怪你！」老大躥起來吼道。

「老大最近有點兒不正常？」我小聲問林木。

「不正常有一陣子了。」

我點了點頭。

一個鬱悶的人去找其他鬱悶的人，最後的結果只能是有了更多的鬱悶，夾在他們的鬱悶裡，我的反而不能表露了。

晚上十一點，我們從床上爬起來，打電話叫人去了CD酒吧。

真夠無聊，兩個男人在為什麼事爭吵，另外幾個圍著一個叫路路的女演員猛說肉麻話，劉元的樂隊在現場表演，一杯琴酒下肚我已經醉了。我聽見那兩個爭吵的人話裡話外提到了一個詞——「嫉妒」。嫉妒？這對我倒不是什麼重要的感情，我難過是因為陳天不在我身邊，而不是因為他在另一個女人身邊。這有差別的。

「喂，喂，愛一個人，但是又不嫉妒，這說明什麼？」我拉了拉正在向女孩獻殷勤的徐晨。

「說明你根本不愛他。」

「胡說八道！」

徐晨回過頭不再理我。

我不愛他嗎？真希望如此。使勁想想，他在和別的女人卿卿我我，他用看著你的那種目光注視著別人，他的手握著的不是你的手，「乖孩子」，「小冤家」，他對誰都是如此稱呼！難受了嗎？

還不難受嗎？

十二點十五分，我衝到櫃檯前，撥了陳天的電話。音樂震耳欲聾，我試圖壓過它，對著話筒大聲地喊叫著：「我要見你！」

「來吧。」電話那一頭，一片沈靜，他的聲音裡也一片沈靜。

二十分鐘以後，我才得以離開CD。

「看見你就好了，看見你一切就都好了！」我抓住他，向他笑著。

「喝多了？」

「沒有。」

「還說沒有，看臉紅的。」

「我喝一口也這麼紅。」

「以後別這樣了，這麼晚打電話，還在電話裡喊，萬一我這兒有人呢？」

他平淡地說，我愣了。

他在說我，他語氣淡淡的，但他在責備我，責備我的不懂事。我這個不懂事的人成千上萬次地想這麼幹，也只任性了這一次。我這個萬般克制的人居然也會不懂事！別這樣，你眼神裡的一點兒猶疑就會將我擊垮，一點兒不耐煩，一點兒冷淡就能讓我化為灰燼。你要把我的自尊心撕成碎片嗎？你不會這樣的，你是溫柔的愛人，最善解人意的好人兒，你不懂嗎？如果你不懂，你就是不想懂，你就是不再愛我了。

「別嚇我，我後背直發涼。」

他在說什麼？我幹了什麼？

「我只是想看見你。」

「我知道，後院也著火，前院也著火，我不能只是談情說愛。」

我愣愣地坐在那兒，傻了一般。

他抓了我手放在他臉上，說：「真燙。」

我也只得笑了，慌裡慌張地。

幸福到來的時刻，得給它加上一丁點兒輕微的苦澀，這樣就能記得更牢。

85

憂傷，很多的憂傷，我無法掃除他留在我心裡的憂傷，它環繞著我，揮之不去。昨夜我便在這巨大的憂傷中睡去，幾次恨不得爬起來給他打電話，但是終於還是睡著了。早晨起來後鏡子裡的那張臉，因夜裡的憂傷腐蝕了睡眠而形容憔悴，慘不忍睹的那張臉啊！

我如約去見林木，林木也這麼問我：「你為什麼這麼憂傷？」

為什麼呢？

許多事都是憂傷的。

愛情，你忍不住要伸了手去握緊它，可握住的時候已經碎在手裡了。

——如果他不再愛我，我便會從他面前消失。

86

「愛，那是要命的事兒，我已經太老了，不適合製造醜聞了。」

以前他肯定會把這種話當成一句玩笑來說，但現在他卻愁眉苦臉，把這當成了一句正經話，我為他的神情，而不是他的話難受。

「這就是你不能成為更傑出的作家的原因。」

他臉上掠過一絲不快，但我決定不理他繼續說：「沙林格八十歲了，還在不懈地製造醜聞呢，你應該有生命不息醜聞不止的精神，因為你就是這樣的人，你不能為此感到羞恥。模稜兩可，面面俱到只能傷害你，消耗你的才能！」

「你是個小瘋子。」他臉上終於有了點兒笑意。

「不是。」我洩氣地說，「我比你更害怕醜聞，我太希望得體了，得體就不可能傑出，這是我的問題。」

「我們還有別的事要做。」

他若有所思地看著遠處，臉上再找不到我熱愛的那種神情。

我們沈默地吃著東西，我驚訝地發現，我為他感到難過，竟然甚於為自己的難過。

「我說過了，無論發生什麼我都不會責怪你。」我把手放在他的手上，然後拿開了。

「一張失去勇氣的臉真醜。」——我在那天的記事簿上寫下這句話。

我認為自己也十分可笑，責備一個具有現實感的人膽怯，缺乏製造醜聞的勇氣，又希望另一個不懈製造醜聞的人成熟穩重起來。向不可能的人要求不可能的東西，卻不去享用可能的人提供的可能的東西。一個以悖論為基礎的人生，怎麼能不可笑呢？

完美的愛人。他幾乎具備了我要的一切，只缺少接受毀滅的激情。誰能有這樣的激情？

那些軟弱的男人，對世界無能為力的男人，他們孤芳自賞，潔身自好，想獨自開放，你可能對他們深懷好感，卻產生不了激情，他們太弱了，而弱便會輕易地屈從於更強的意志，有了這種屈從，撞擊的時候便不會有絢爛的花朵開放。而那些強有力的人，他們又常常缺少愛的神經，他們的心為別的東西跳動澎湃。我的完美的愛人有著最脆弱和最強悍的心。沒有脆弱，情感會粗糙無趣，而沒有強悍，脆弱只是惹人厭煩的孩子把戲。

「真渴望被精美地愛。」我發出和顧城臨死前一樣的哀求。

「你是一個愛情鑑賞家，不是情種。」徐晨這麼說我。

如果情種是生冷不忌的食客，什麼都稱讚好吃，那麼我的確不是，我無法像徐晨那樣，對隨便一點兒什麼可愛的品質都動心，是出於傲慢吧，我知道傲慢在上帝的戒條裡是足以下地獄的罪惡，而沒有這一點兒傲慢我們怎樣去對抗這個卑賤乏味的人生？

必須承認，在我試圖分辨自己的情感，寫下這個故事的時候，發現我和徐晨之間驚人的相似之處。不同之處只在於我沒有製造幻覺的天賦不能為自己臆造一個愛人，也不能像收集郵票一般收集美感。但我要求的難道不是和他相同的東西嗎？不都是一個現實的奇蹟嗎？為什麼我們彼此之間永不能相容？我想起阿捷赫公主的格言集——「兩個『是』之間的差別也許大於『是』與『非』之間的差別。」

87

二月十四日，聖瓦倫丁節。

我不期待什麼情人節，一切世俗的節日都是作為一個情人最難受的日子。我在無數小說中看到過這樣的描寫，不必多說。那天我一起床就拿了家裡所有的錢去「賽特」買衣服，滿街賣玫瑰花的孩子和挽著手的情侶看著讓人心煩。我在賽特一個店一個店地穿來穿去，細細挑選，不厭其煩地試來試去，不放過任何一件可能適合我的衣服。從下午一直逛到天黑，二層三層已經沒什麼可看，四層的男裝我也轉了個遍，只好下到了一層。

一層是化妝品櫃檯，各種香水混合在一起的氣味讓人眩暈，我來回走了兩圈沒什麼可買，便決定做個市場調查，看看每種品牌新春都推出了什麼貨品。就在這時，我看到了徐晨，他站在收銀台邊，正往錢包裡塞找回的零錢，胳膊上還掛著一個CD藍金相間的口袋，看起來十分可笑。

「徐晨。」我看了看他後面和四周，並沒有什麼漂亮女孩兒跟著，「你一個人？」

「對呀。」

「在幹嘛？」

「嗨，買情人節的禮物唄。」

「這麼多？」

「嗨，人多唄。最倒楣的是我得一個一個地給她們送去，她們都揪著我共度良宵，我都不知道該怎麼辦。」

「你買了些什麼？」

「嗨，香水、護膚品唄。」他每一句話前面都加了一個「嗨」，以表達他的無奈。

「什麼樣的男人會給女孩兒買護膚品作禮物？我從未遇到過。」

「嗨，我呀！」

「那你記得住每個女孩兒都是什麼膚質嗎？她們是偏油，還是偏乾？」

「那我哪兒記得住？我只能記住哪種更貴，有的女孩兒講究，你就給她貴點兒的東西。」

「那你快買吧，要幫忙嗎？」

「不用。你一個人——在買衣服？」他看看我滿手的購物袋。

他目光如炬地打量我，一個人的情人節？

「跟你一樣，買禮物。」我說。

「好，那我們各忙各的吧。」

「好。Byebye。」

我走開了，看看錶已經七點了，去地下的速食店吃個漢堡吧。

我一腳已經邁上了電梯，徐晨又趕了過來，把一個花花綠綠的口袋塞在我手裡：「這個給你。」

「嗨，真的沒必要！留著——」

「以前沒錢，沒買過什麼好東西給你。」他說，嬉皮笑臉十分真摯。

別這樣，我現在很脆弱，我受不了，在我發呆的時候，他說了句「情人節快樂」便轉身跑了。

那是一瓶CD的「毒藥」，因為陳天我已經習慣於不用香水，何況這麼濃烈的「毒藥」？可惜了他的好心。

88

我度過了一個等待的夜晚，獨自一人，穿件白色的麻布襯衫，非常正式，是出席晚宴的服裝，在夜色裡，晚風中，我知道我的臉光潔明亮，準備著微笑，我把晚飯當成一個儀式來吃。

等一個人的感覺是這樣的，胃在那兒隱隱地疼，手和腳都麻酥酥的，我強迫自己把東西吃下去，香米飯，南乳藕片，西洋菜煲生魚，我努力地吃著。九點以前不抱什麼希望是容易過的，從九點到十點，我準備把它分成四個階段，一個階段一個階段地來等，他說他的飯局有個九十歲的老太太，老太太可堅持不了那麼久，應該可以在十點以前結束的。要是他來不了呢？我該怎麼辦？我應該做出很懂事的樣子對他說沒關係嗎？還是強迫他一定要來，哪怕只是看他一眼。他以前常常為了看我一眼開車跑很遠的路，如果他不來，就是說他不再像以前一樣愛我了。第一個一刻鐘過去了，飯館的電視裡是讀書節目，雖然聲音開得很小，但是有字幕，遠遠的也能看。我已經喝掉了大半罐湯，旁邊桌那個說沒有野心就成不了大事的婦女已經走了，連後來來的老外也已經吃完了。十點鐘飯館會關門，如果他還不來電話，我該到哪兒去等？第二個一刻鐘也過去了。

「你還愛我嗎？」我想這樣問他，我從未這樣問過任何人，我總是不肯直截了當，也許是我的問題。

九點四十，電話響了。他的聲音聽起來模糊而遙遠。

「剛剛完，我不過去了。」

「怎麼了？」

「時間也差不多了，我該回去了。」

我沒出聲，不知該說什麼。

「本來就感冒，飯館的空調又壞了，冷得要命。」

「不舒服就回去吧。」

「太沒精神了，我想精神充沛的時候跟你在一起。」

「你在哪兒？」

「在路上，百萬莊附近。」

「噢，那邊。」

「行嗎？」

「問我？」

「是，問你讓不讓。」

「我只是想看看你。」

「明天不就看見了。」

「嗯，要是病了就回去吧。」

「你呢？還在吃飯？」

「嗯，在等你啊。」

「這麼說？你越學越壞。」

「我說的是實話。」

「嗯，明天好嗎？」

「好，回去吧。」

我沒有辦法，我已經盡了最大的努力，就算我今天的愛情運很好，我穿了我的幸運顏色，我像個迷信的傻瓜一樣用各種方法占卜，我按紙牌上說的主動給他打了電話，我強迫自己直接說了我想見他，我打扮得無懈可擊，至少換了五身衣服，我耐心之極地等了一個晚上。我感覺到自己在傷心，我很怕那種傷心不斷地加劇，再加劇，會很疼的，我知道，會哭，會把我打倒，不至於到這個程度吧，你是個鐵石心腸的摩羯。

明天我們會見面，在公司開會，我能看見他，但只是遠遠地，我們已經變得遙不可及。

電話又響了，我以為是他改變主意，掉頭來看我。

當然不是。

是約寫劇本的電話，這個電話救了我，把我的身分還原到了現實，我努力讓我的腦袋運動起來，回答對方提出的種種問題，向對方提出種種問題，電話一打就是二十分鐘，這二十分鐘裡我盡量地說話，非常熱情，我感到血在一點點流回心臟，傷心不再加劇了，痛楚帶來的顫抖慢慢平息下去，好，好，就這樣，就這樣……

我又坐了一會兒，到服務員開始掃地的時候，結帳走了。我想我們之間的默契也許消失了，或者該說總是能碰到一起的好運氣不再有了，這種默契曾使我們相愛，當它離去我們也注定分離。

89

陳天該是厭煩了，他對愛情這碼事簡直厭煩了，他覺得自己一輩子在女人中間糾纏，五十歲還不能脫身，真是堵死了。眼看著一個個可愛的小女孩最後都拿了一張悽楚的臉對著他，他受夠了，他要選擇一種最簡單最自在的方式把這一切了結。知道他當初為什麼不肯和那女孩兒上床，他知道這個結局，他經歷過無數次了，好好的一個女孩兒，安靜溫順的小臉，忽然間目光瘋狂，幾乎在一瞬間就變成了怨婦，他不願意看見這個，但每一次他都看見這個，他真的厭煩了。他也不是沒想過是自己的問題，他也做了努力，但依然如此。他知道自己的宿命，最終他會離開她們每一個人，但他會記得她們，每個人都是他相冊的一張照片，供寂寞的夜晚拿出來翻看的，當然有的照片看得多，有的照片看得少，但這只有他知道，或者時間久了，他也記不清他更喜歡哪一個了。這一次的這個女孩子，他記住她只是因為她的任性，從來沒有人反抗過他，只有她一直不肯對他認輸，她是愛他的，他知道，但她還試圖保持尊嚴。她不懂，愛是容不下尊嚴的。所以，他不要愛情了，他老了，他只想保持尊嚴。

他要不是太愛自己，他的愛情幾乎是完美的，但是總有這樣或那樣的原因使愛情不可能完美，我也不具有這樣的素質，所以我不責怪他。這兩個理智、具有常識的人，這兩個世故的人，也許注定彼此失去。

真渴望被精美地愛，精美不是全心全意就能有的，言談舉止、一顰一笑間微妙的動人之處是天賦，陳天有這種天賦，但如果他要浪費自己的天賦，你只能讓他浪費，畢竟那是他自己的東西。

或者，他早就對這個天賦感到厭煩了。

90

我知道我的智力十分有限，沒有能力理解艱深枯燥的東西，但是真理都是枯燥的，所以我沒有能力去接近真理。我只能滿足於看看叔本華的幸福論，被他稱為形而下智慧的東西。

「我們的現實生活在沒有情欲的驅動時會變得無聊和乏味，一旦受到情欲的驅動，很快就會變得痛苦不堪。」

果然。

「只有那些精神稟賦超常的人才是幸運的，他們的智力超過了意欲所需要的程度。……只有具備了充裕有餘的能力，才能有資格從事不服務於意欲的純粹精神上的活動。」

我不行。

「這些先生們在年輕的時候，肌肉能力和生殖能力都旺盛十足。但隨著歲月的流逝，只有精神能力能保留下來。如果我們的精神能力本身就有多欠缺，或者，我們的精神能力沒有得到應有的鍛鍊，又或者，我們欠缺能發揮精神能力的素材，那我們將遭遇到的悲慘情形就著實令人同情。」

令人同情。

這就是從「果然」到「令人同情」的三段論。不過老叔本華也一樣令人同情，他沒有因為他超凡的精神能力從人世間得到任何好處。到了晚年，著作還只能靠人情印到七百五十本，而且不給稿費。

「雖然我的哲學並沒有給我帶來具體的好處，但它卻使我避免了許多損失。」他在書裡自我安慰。

我也自我安慰——有總比沒有強，有一點兒總比一點兒也沒有強，有一點兒是一點兒。

「人生就是這樣。」貝克特《等待果陀》劇本裡的流浪漢艾斯特拉岡如是說。

91

據我媽說，我小時候任性得驚人。兩歲半時，像當時所有父母全天工作、又無爺爺奶奶照顧的孩子一樣，我被送去幼稚園全托。對此我的態度也很明確——堅決不去！到了星期一該去幼稚園的時候，我一醒就開始大哭，可不是假模假式的乾號，而是聲淚俱下，而且耐力驚人，哭得那個慘啊！那時候我們住在筒子樓裡，星期一大早，我媽抱著號啕大哭的我穿過走廊，沿途所過之處，所有大人孩子都從屋裡出來張望，齊勸我媽：「別送她去了，太慘了。」說得我媽眼淚也要下來了，可不送去誰帶著呀，於是還是狠著心腸去。每次去，都要先送點兒禮物，東西當然都是小東西，小線軸啊、鉛筆啊，可也是孩子愛的，但我拒不接受這些賄賂，因為接受了就表示妥協，可心裡的確是愛著的呀，於是就哭得更凶。我媽說每次送我去幼稚園都要花整個上午，帶我吃點心，去菜市場看鴨子，最後抱著我向幼稚園所在的胡同走去。當然，我一發現周圍的景物熟悉，明白這條路的必然終點還是大哭，所以每次要換著不同的路線走。據說曾經有一次我表現得很乖，不哭不鬧，快走到那恐怖之地的大門時，我忽然要求下來自己走，我媽很是欣喜，以為我終於認了命，誰知剛把我放在地上，我回身扭頭就跑，不顧一切地邁著兩條小腿逃跑！多慘啊！

為什麼不願意去幼稚園我已經忘了，反正是不願意。被強行放到幼稚園以後，我誰也不理，整日抱著自己的小枕頭在院當中站著，到了晚上，又是整夜地哭，鬧得所有的老師孩子都別想睡覺，威脅恐嚇和好言相勸一概無效。如此鬧了三個星期，我被幼稚園開除了。據說我是有史以來第一個被這個叫藝大幼兒園的文化部幼稚園開除的孩子，不管父母怎麼懇求保證，他們堅決不要了！

我成功了，回到了父母身邊。但我的嗓子徹底哭壞，直到現在還是一副啞嗓，外帶慢性咽炎。

我小時候是大院裡著名的健康寶寶，又白又胖，兩個臉蛋永遠賽著小蘋果似的圓，人送外號「瓷娃娃」。再看看我現在，瘦得一陣風就能吹走，為什麼？一、兩歲起身心就受到這麼大的創傷，長大以後的情況可想而知，在與生活中一件又一件不如意進行堅持不懈的鬥爭中，我從一個白胖寶寶一點一點地憔悴了下去。

有時候我媽還會說，小時候脾氣可真壞，幸好長大變了。變了嗎？我可不這麼想，人說三歲看老，我的脾氣依然很壞，依然任性得驚人，對於我認定的事情依然是撞了南牆也不回頭，把南牆撞塌也不回頭，倒要看看我和南牆誰更硬，生命不息撞牆不止，撞死了算！

92

開廣告公司的同學在北影的攝影棚拍廣告，我去文學部交了劇本大綱出來，跑去逛蕩了一圈。布光的時候，男演員和沙拉醬的英國代表在那兒用英語交談，說起話來手舞足蹈，他個頭本來就大，站在場地中間格外引人注目。他們叫他關鍵，說拍過什麼什麼電視連續劇，我很少看電視也就無從知曉。

後來大家一起去吃夜宵，他坐到了我旁邊。看得出，他的過分多話是想引起我的注意，他的故事要不是那麼冗長的話本來已經做到了。但他表達能力不強，不知道在什麼地方該多說，什麼地方該少說，在起承轉合的地方也控制失當，我出於禮貌勉強沒有打哈欠，不過他的目的還是達到了，我們算是熟悉了起來。

那以後的週末他打了多次電話請我出去喝咖啡，我都拒絕了。那陣子我心灰意冷，對男人缺乏興趣，一個給我無關感覺的男人就更不必說。但我是個有教養的、虛偽的知識分子，我的拒絕說得婉轉動聽。我不知道是不是這個使他一直不肯放棄，我們從一開始就缺乏瞭解。

關鍵是我見過的最能在電話裡閒扯的人，電話打上兩、三個小時算是稀鬆平常，我想這是長期住劇組養成的習慣。和他在一起的那段時間，我總是聽電話聽得耳朵生疼，對付無聊他是挺有一手，我甚至懷疑他是否會感到乏味無聊。說起來他倒是個有生活熱情的人，做的義大利肉醬麵和中國醋溜白菜一樣美味可口，雜亂無章的教育和經歷使他保持著每早必喝蒸餾咖啡和每餐必吃大蒜的毫不搭界的習慣，用中文表達的時候錯誤百出，英語則說得十分流利。（他去了美國五年，想躋身好萊塢，結果可想而知。）他是個山東大漢，長得又高又壯，按通常標準是個漂亮小夥子，只是那是種與我無關的漂亮，總的來說他這整個人都與我很不搭調，我也從沒把和他的事當真。

他為何迷戀上我，有一陣子頗令我費解，他以前交往的女生都是年輕的女演員，他熱情的天性倒很能討她們的歡心。後來，我把他對我的熱情歸結為我對他刻意拉開距離而造成的反作用，在我們交往的時間裡我對他一直是個難以捉摸的人，我從未讓他在我們的關係中做過主。說到底不過是種征服欲，因為他野性實足，這欲望也就格外無法控制。

說起來關鍵天性善良，對別人也很寬厚大方，他是個憑本能生活的人，惡與善的界線就變得十分模糊。他時常做出一副有教養的樣子，但那只是個假招子。如果他對你好，你倒是可以相信那完全出於真心，而不是禮貌和教養，他不懂那一套。這就是他最初令我感到有趣的地方——他是一個穿著西裝的野人。

他有許多我聞所未聞的傳奇經歷，坐過兩次牢，一次越獄成功，倒過汽車，偷過古畫，甚至在國外搶過東西，他的犯罪經歷是一種生存的本能，沒有任何道德界線會使他畏首畏尾。關鍵運氣奇佳，他的犯罪經歷並沒把他送進過牢房，他坐牢都是為討女人歡心而惹下的麻煩。他對待女人總是很癡情，但憑我自己的經驗，他對女人的好，有股獨斷專行的味道，不是女人喜歡的方式。

總的來說，他不懂得女人，也不關心她們到底想什麼，到底要什麼，就是說他要為一切做主。

「你是個膚淺的人。」我曾經當面這麼告訴過他，他當時只是笑。我不知道他是真的不在意，還是在掩飾尷尬，不在意也是很有可能的，他這個人盲目自信，而且那時我既然已經和他上了床，他可能認為不必為這種話費神。

但這對我不一樣——我可以和一個膚淺的人上床，卻不能忍受他表現膚淺。他在眾人面前每說出一句蠢話，我便馬上無地自容，遠遠地躲到一邊假裝根本不認識他。因此我們少有的幾次出行，總是鬧得不歡而散。

我不準備再這樣胡鬧下去，要求和他分手。

他本該是我生活裡被一帶而過的男人，因為無法忍受這種侮辱，他不惜一切代價，使盡一切手段要給我留下深刻的印象，他還真的做到了——在我說要分手的時候，他雇了人要來砍掉我的一隻手。因為我跟他說，我現在只想用雙手寫作，不想和男人來往。

那天上午，一個陌生男人打來電話，說他接了一筆錢要來向我討一筆債。我馬上聽出了那男人的山東口音，對關鍵竟會做出如此無聊的事難以置信。

「這是我們倆之間的事，你告訴關鍵我沒有做過任何可指責的事，我在他最困難的時候陪著他，在他沒錢的時候借他錢！他沒有任何權利如此對待我！」

那陌生男人聽起來不善言詞，一時不知該如何應答：「關鍵，我不認識什麼關鍵，我只認錢。」

「你不認識，你不是山東人嗎？」

男人喃喃著，不知該答是還是不是。

後來，關鍵的朋友向我證實那是一個打自山東的長途，他確實請了人。如果他想找一個為了幾千塊可以剁掉別人手的人他是容易找到的。據說我的義正詞嚴，讓那傢伙打了退堂鼓。

三天以後，因為我居然對恐嚇電話置之不理，不肯向他求饒。關鍵在酒後砸了廣告公司的一間辦公室，以此迫使他的朋友不得不打電話把我叫去。

一幕醜劇，丟人現眼，無地自容，讓我深深感到做人的失敗。如果可以永遠不見他，我情願少活幾年。老大不小了，真該好好檢點自己的行為，否則不想見的人越來越多，為此每人減掉我幾年壽命，我只能年紀輕輕就完蛋了。

93

俗話總是對的，俗話說：「好事不出門，壞事傳千里。」果然。我一看見徐晨晃著他的大腦袋，笑迷迷地衝我走過來就知道完了。

「醜聞啊，醜聞！」他在我耳邊悄悄說。

「別煩我。」

我熱情地和一娛記打著招呼走開了。沒過一會兒，徐晨又繞到了我旁邊，嬉皮笑臉地看著我，讓我對戲劇現象的評述就此打住。

「你到底想說什麼？」

「丟人！」他一言以蔽之，「找的什麼衰人啊。四流男演員，檔次太低。」

「至少也是三流！」

「反正丟人。」

「只許你丟人，我怎麼就不能偶爾丟丟人呢？」

「你也承認丟人了？」

我眼珠朝天，不承認也不行啊。

「以後別幹這種事，我是說真的。」

「喂，我也有正當的性要求。」

「當然，但是你是女的，在男女關係中始終還是弱者。」

我現在不打算和他討論這個。

「真的，不安全。」他懇切地說，「如果你真的需要，可以告訴我，看在咱們多年友情的分上，我還真願意幫這個忙。」

「多謝你了。」

「不客氣，英語說：You're welcome.」

「見你的鬼吧。」

「英語說：Go to hell.」他用快樂的調子在我背後大聲說。

可以跟你上床的人有很多，但是可以跟你交談的人很少，而既能上床，又能交談的人就少之又少了。

94

Eurythmics，新浪潮樂團，他們是八〇年代初英國最棒的電子合成器流行樂組合。主唱女歌手Annie Lennox編寫演唱了《吸血鬼：真愛不死》的主題曲，盡訴德古拉伯爵尋覓愛妻四百年的〈吸血鬼戀曲〉〈Love Song For A Vampire〉。

Oh loneliness, Oh hopelessness
To search the ends of time
For there is in all the world
No greater love than mine.

孤寂，絕望，尋覓到時間的盡頭，這世上沒有什麼能夠超越我的愛。

95

已經六個月了，陳天沒有再打過電話，我也沒有。他沒對我說過什麼，我也沒有。發生了什麼事？沒有，還是沒有。

有一次，陳天談劇本的時候跟我說：「我想你也同意，愛情是一種折磨。」

我自然同意。

「得看到這種折磨在這個人身上的分量。」

公司的老黃一直坐在對面，面帶笑意，不時抬頭看看我們。老黃走出去的時候，陳天的手指劃過我的手背。是的，愛情是一種折磨。

我越來越感到陳天離我的生活十分遙遠，我開始傾向於把他對我的感情理解為對年輕女孩兒的一時迷戀。而我呢，不過是被一個老男人的迷戀弄昏了頭，我們都不過是在伸出舌頭舔食自己釀造的糖漿。我想我會忘記他的，現在不行，以後也會。

96

徐晨常常說愛情是一種幻覺，他以一個情種三十年來的體會向我保證。但是我私下覺得這是一句廢話，什麼不是幻覺呢？對我來說都是，但我真心地看重這些幻覺。徐晨不是這樣，他想確定人生的真相，他對與真理無關的東西不屑一顧，他曾經真心地以為情感就是那個終極的真相，所以才會有幻覺的說法。

「就算是吧，我只是滿足於一個幻象，但我可以用現實的、可行的手段修補這個幻象，用適當的溫度、濕度，使幻象保持得長久一點兒。也不需要太長，就保存五十年吧，對我已經足夠，因為我認為你所說的真相並不存在。」

「五十年？你倒不含糊，開口就是五十年！」

「五十年算什麼？五十年對宇宙來說算是什麼？一瞬間，連一瞬間都談不上！」

窗外的風讓街邊的楊樹「嘩嘩」舞動，「嘩嘩」是我想像的聲音，隔著茶館的窗戶，什麼也聽不見。

「任性不是好性情。」我轉著茶杯自言自語。

「可能，對自己不好，任性需要勇氣和力量。女人的任性通常都是撒嬌，不過是裝裝樣子……」

「我不是。」

「你不是。」

「任性肯定不是女人的美德？」

「不是。」

我點了點頭：「明白了。」

「你要是不任性，我們當年就會和好。」

「然後還是會分手，因為一次一次的失敗變得可憐巴巴。」

「可能。」

「我們就不會像現在這樣坐在這兒聊天了。」

「多半是。」

「那我還是任性吧。」

「我不反對。」

「對，我寧願這樣。」

「是，也很不錯。」他說，「昨天夜裡我去打籃球，坐在球場上看那些楊樹真是好看，細細的樹幹頂著抖動的樹冠，搖擺起來毫不枯燥，你可以一直盯著它看。但實際上這些樹跟你有什麼關係？毫無關係，它們只是樹，只是跟石頭不同而已。再說人，人難道不奇怪嗎？兩條分叉的腿，長長圓圓的湊在一起，上面還要套幾塊布，要多難看有多難看，可是你一旦用手撫摸她，你對她有了感情就不一樣了。我們跟這個世界沒有任何關係，唯一可能的聯繫就是情感，我們是通過情感跟這個世界有關的。」

「是。」

徐晨說送我回家，我說好，一堆購物袋堆在了他的後座上。二環路上他左突右衝不放過每一個超車的機會，他總是這麼開車。

他嘻嘻地笑著，說：「我看一般人都知道自己毫無價值，沒什麼可堅持的，而且還知道自己受不了艱辛磨難，就都奔著投機取巧去了。大家不約而同地在投機取巧的路上相遇，所以這條路上特別地擠。」

「我們也一樣。」

「不一樣。」他斷然地說。

他對自己總是如此地有信心，我可不。

車路過工體路口時，我看見了永和大王。

「我餓了，你餓不餓？吃點兒東西。」

他說好，掉了頭回來，停在永和大王門口。

我要了一份餛飩，一份燒賣，他只要了一碗豆漿，看來是不餓，只是好心陪我。付了帳，一會兒東西就都上來了，我剛吃到第二個燒賣，徐晨的女朋友小嘉夥同一女伴兒走了進來，當然是一眼就看見了坐在門口的徐晨和我，向我們毫不客氣地瞪著一雙本來就大的圓眼睛。我以前在飯桌上見過小嘉兩次，對她那雙特大的圓眼睛有些印象，幸虧這雙眼睛，要不然以我的記憶力肯定不知道她是誰。我向她禮貌地點了點頭，徐晨也向她點了點頭，說了句：「來了。」絲毫沒有邀請她們一起就座的意思。我想起徐晨說過正和她分手，也沒吭氣。

那兩女孩兒挑了離我們很遠的位置就了座，我繼續吃我的燒賣，可筷子剛夾起第三個，小嘉已經站在了徐晨身後，說了句：「你出來一下，我有事跟你說。」這話是對徐晨說的，徐晨什麼也沒拿，手機留在桌上，起身跟著出去了。我低著頭，看都不看他們。

餛飩已經見了底，燒賣也都報銷了，和小嘉一起來的女孩兒背著身一直低頭吃東西，看來對此是司空見慣。徐晨和小嘉依然站在門口的街沿上說著話沒有回來的意思，至於各自的表情就看不清了。這是哪兒跟哪兒啊！要是我跟陳天讓人撞上也就算了，我可沒心情跟你們攪和。我招呼服務員，讓她看著徐晨的手機和包，起身走了出去。

「徐晨，我先走了，我要拿一下東西。」我指指停在幾米遠的白捷達。

徐晨答應著去車邊開門，一邊幫我拿那些紙袋，一邊說：「她先發現了車，以為我跟你出去買東西了。」

我沒吭聲，接了紙袋提著。

「那你先打車回去吧。」

「當然。」

小嘉還站在過街通道邊，我提著大包小包必定要經過她面前。算了，誰讓我大呢，大方點兒吧。

「小嘉，我和徐晨沒什麼，今天我是出去逛街了。」

小嘉看都沒看我，直衝著我身後的徐晨叫嚷起來：「真奇怪！你跟人家說什麼呀?!你這人真奇了！」

我一定是一臉錯愕，再聽不清他們叫嚷什麼，飛快地躥上一輛計程車逃之夭夭。

「丟人現眼」——只要你跟徐晨在一起，就容易遇上這個詞。我也是活該！他倒是一臉的鎮靜，怕是這種場面見多了，他不再是那個怕羞的男孩兒了，生活會把每個人磨練成一副厚臉皮，他也不能倖免。

第二天下午，我打電話給徐晨。

「我給你惹麻煩了？」我問他。

「沒有，你走了以後，我也走了，她愛鬧鬧去吧，夜裡她發了E-mail來道歉，我不理她。不是第一次了。」

好，沒事兒是吧，我可憋不住了，大叫了一聲：「丟人現眼！」他倒沒反駁，在電話裡笑了起來。

「喂，你什麼時候能離這個詞遠點兒?!」

「她要鬧我有什麼辦法？」

「她為什麼會鬧？真是不理解。這不是自取其辱嗎？我一輩子也幹不出這種事來，起碼得保持點兒尊嚴吧？」

「我還告訴你，現在的小孩兒就這樣！她們腦子裡就沒有你的這些觀念，她們都是獨生子女，她們對別人的想法根本沒概念，根本不在意，她們真正是直接的、自我的，想怎麼就怎麼，我覺得比咱們活得幸福。」

「我可真老了。」

「可不。」他停了停又說，「我們都老了。」

97

秋天，白土珊在法國結了婚。

她回來看兒子，我和愛眉去她家看她，進了門我就說：「恭喜恭喜。」

她向我連連擺手，我雖不明所以還是馬上住了口。土珊的小兒子站在門廳裡看著我們，土珊一臉的笑招呼他叫阿姨，他叫了，但神情淡然，一副事不關己的樣子。土珊的媽媽從廚房出來，便輪到我們齊聲喊「阿姨」。

土珊把我們讓進她屋裡，關了門，我才問：「怎麼了？」

「我媽不知道我結婚，我跟她說我只是和錢拉同居，她不願意我再跟外國人結婚。」

「那同居呢？同居可以？」

「對。」

「你媽也夠神的。」

說說白土珊的婚姻。

土珊在法國的簽證即將到期，她留在法國的唯一辦法就是結婚，這對她並非難事，難的是選擇誰。在這個問題上她猶豫了好一陣子，甚至打長途讓愛眉幫忙參謀。對於一個亞裔，要結婚，外加身無分文的女子當然沒有什麼十全十美的人選，最終她嫁給了這個叫做錢拉・菲力普的六十歲的老帥哥。

錢拉・菲力普的確是個老帥哥，有照片為證，花白頭髮，身材勻稱，舉止優雅，老是老，老得可不難看。老帥哥是個大提琴手，沒什麼名，但也拉了一輩子，你可能以為土珊嫁給他是因為他有幾個錢，不是，他有的不是幾個錢，而是很多的債。土珊嫁給他是因為愛上了他，當然也是為了留在法國。這老哥憑他那點兒大提琴手藝原本可以混個中產階級當當，卻偏不老實，當了一輩子的花花公子，愛好開飛機，收藏古董提琴，狐朋狗友一大堆，沒錢的時候就借高利貸，到和白土珊結婚的時候，除了債什麼也沒剩下。

「你不會是在公園裡認識他的吧。」我想起土珊丟錢包的往事。

「不是。」

我點點頭，有長進了。

「是在大街上。」

也差不多。

「你跟我說說他們都怎麼跟你搭訕的？」

土珊拉了拉她烏黑的長髮，真是黑，一點兒也沒染過，在法國這該是吸引人的異國情調吧。

「『小姐，您真美！我們一起喝杯咖啡好嗎？』」她說。

我大笑起來，愛眉也笑。

「就這個？」

「對，他們都是這麼開頭的——『您真美』。」

「『您真美』？不比北京的小痞子強啊，在這兒，這種話只能招來一頓白眼兒。」

「法國人愛說甜言蜜語，不過聽多了也都差不多，我回來這一個星期，錢拉每次打電話，最後一句都是：『全身心地擁抱你！全身心地擁抱你的兒子和你的母親！』」

「他們倒真是平等博愛。」愛眉說，我已經笑得喘不上氣來。

門「吱」地開了道縫，土珊的兒子站在門口，一臉嚴肅，毫無笑意，神情間居然帶著一點兒不屑，絕不是你能在一個六歲孩子臉上看到的表情。我們一下子都止了笑，在那目光下竟有點兒不好意思。

「我們吵到你了，對不起，我們小點兒聲。」土珊說，態度不像對兒子，倒像是對父親。

兒子沒出聲，也沒反應，轉身走了，土珊連忙過去把門關緊。

「你兒子真酷。」我不由壓低了聲音。

「何止是酷！」愛眉像有一肚子不滿，「你看見他那眼神了嗎？他根本看不上他媽，連咱們也是一樣。」

土珊只是笑。

「你兒子，絕對不是個凡人，咱們等著瞧！你見過那麼世故的眼神嗎？才六歲，把你們這些人都看透了！一錢不值。」

「咱們是一錢不值。」我說。

「不對！看站在誰的立場上，可他那麼小怎麼就站到對面的立場上去了？不是好的立場，是市儈立場！」

「哪兒有這麼說人家兒子的。」

「你不知道，前兩年她回來我們同學聚會，也帶他去了，他才幾歲，四歲！吃完飯大家提議每人說幾句話，祝生活好、工作好啊什麼的，他也說了，你知道他說什麼，他說：『祝你們大便好！』當時大家都不知道是該笑還是不笑，笑起來也尷尬，他懂得解構！你能相信嗎？」

土珊說：「他只是隨便一說。」

愛眉不依不饒：「這說明問題。這就是咱們下一輩的孩子，什麼都不相信，多可怕！」

「你帶他去法國嗎？」

「對，可能要半年以後。」

「跟你一點兒不像。」愛眉最後總結。

「有這麼種說法，母親懷孕的時候下意識會決定孩子的個性，白土珊可能內心裡覺得自己的人生應該修正，希望自己的孩子不要跟自己一樣。」

「起碼他從小就能自己照顧自己。」

「當然，何止是照顧自己，他必能成大事。」愛眉的同意裡還帶著不滿。

我可以把土珊後來的故事先告訴你們。

半年以後她把兒子帶到了法國和老錢拉一起生活，據說老的和小的相處得不錯，常常一起踢球。但後來土珊自己和老的處不來了，說從沒見過這麼軟弱的男人，每天在浴盆裡泡兩個小時，臉上長個包都要唉聲嘆氣好幾天，那沈重的債務更是泰山壓頂無法負擔，土珊曾想出去寫書法掙錢，老錢拉覺得丟人。遇到問題的時候，浪漫和優雅都幫不上忙，按土珊後來的說法，老錢拉其實是個自私自利的混蛋。

在法國待了四年之後，土珊轉而對法國男人深惡痛絕，說他們平庸而且軟弱，沒有男子氣概，缺乏激情。她甚至認為任何一個在法國的外國人都比法國男人強，她不顧一切地和老錢拉離了婚。

法國這個夢想的浪漫之地令她失望之後，土珊問大家哪裡還可能有好男人。她認為一個赤道國家的部落酋長可能更適合她，愛眉建議她去南美試試。土珊暫時還沒有去南美，但我知道她不會停下她的腳步。她生下來就對舒適的生活和成功的人生不感興趣，也毫不羨慕。土珊其實是我的一個理想，我渴望聽到她的傳奇，希望她的傳奇有個奇蹟一般的結局，就算這奇蹟只是世界隨機變化中的偶然。

但那天，土珊還沈醉在和老錢拉的愛情中，給我們看他們在花園裡相親相愛的照片，以及老錢拉寫給她的畫滿紅心和丘比特的情書。

我忍了忍，還是決定問她：「他，多大年紀？」

「五十九，馬上就六十了。」

「這麼大年紀，在床上還行嗎？」

土珊肯定地點了點頭。

「白種人嘛。」愛眉說。

「比好多中國小夥子還強呢！」

我沒有過這方面的經驗，本人不喜歡外國人，不過白土珊的確是這麼說的。

在我們討論這麼嚴肅問題的時候，我的手機響了，讓我更不耐煩的是電話裡嘈雜一片，那人只是「喂、喂」兩聲，卻不說他是誰。

「請問哪一位？」

「是我。」

「誰？」

「真聽不出了？」

「哪一位？」我最煩打電話的人不報姓名，我憑什麼該記住你？你哪兒來的這種自信？反正我沒這自信，無論給誰打電話都先報名姓，只除了一個人——我媽。

「我姓陳。」

「姓陳的多了。」

我都不敢相信，但我真的是這麼說的！在我說這話的一瞬間我知道了他是誰——陳天。

「噢，你好！」

我向愛眉和土珊打了個手勢，出了他們家的房門，站在樓道裡。

他在電話裡笑：「忘得真快。」

「我在朋友家聊天，信號不太好……。算了，何必解釋呢。」

「有事嗎？」

「沒事兒，只是想給你打個電話。」

就這麼簡單？在半年杳無音信以後。

「噢。」

「你好嗎？」

「挺好。」每次他問我好嗎，我都是這麼回答的，我還能怎麼回答，說我不好，我要發瘋了，我沒有他活不下去？

我沉默著，他打來的電話，我不替他解除這種冷場。

樓道裡有人走過，握著電話，握得手心出了汗，我一步一步地走下樓，走出樓門，外面是條熱鬧的小街，人聲喧鬧，不知該走向哪裡。

「就是想給你打，就打了，我想我該跟你說，你肯定會想，什麼人啊，好成那個樣子，突然就沒影兒了。你方便說話嗎？」

「我出來了。」

「我想讓你知道，這件事我只能讓和我有相同承受能力的人來承擔，不能讓比較弱的一方遭受打擊。」

別恭維我，我沒有這個能力，這不是讓我受苦的理由。

對他我更多的是關愛，那麼一個家庭，從小父母就離了婚……他選擇了不用再解釋的時候來解釋。

「我想你。」他停了一會兒，又說，「你不信也沒關係。」

我不是不信，只是你說得太輕易！這句「想你」在我嘴邊打了千萬次的轉轉，最後還只能嚥回肚子裡，它現在還在那兒疼著，腐蝕著我的腸子，腐蝕著我的胃，它是一塊永遠也消化不了的磚，見稜見角地硌在那兒，動不動都疼。「想你」，是如此簡單就能吐出來的字嗎？什麼算「想你」？一次偶然的夜不能寐，還是無休無止沒日沒夜的無望？一瞬間的懷念和永遠的不能自拔，只是「想你」和「很想你」的差別，不說也罷。

「我總是想起那天，你站在早晨的陽光裡，那麼小，還有後來的你，那麼安靜的一張臉，內心怎麼會那麼動蕩不安。你穿過的每一件衣服，調皮樣子，所有的，從頭到尾地想……。」

為什麼這麼說？他不能不顧別人的感受，想來就來想走就走，想怎麼說就怎麼說！他不能要求別人和他同步地收放自如，他如何能知道我不會再受一次打擊？

「其實不見你，只是想你，也很好。」

「好，那就這樣，我怎麼好破壞你的樂趣呢。」我盡量說得像句玩笑。

掛了電話才發現，我已經不知道走到了哪兒。同樣的街道，同樣的樓房，同樣的人，我甚至找不到回白土珊家的路。感謝老天，我沒在電話裡露出一絲淒苦和眷戀，如果我這麼幹了，我會瞧不起自己。替自己保留一點兒驕傲吧，癡情的人們！就算我馬上就後悔，就算我想你的時候無數次地後悔，就算有一天我悔到恨死自己，我還是只能這麼說，我就是這種人！

他們說摩羯座有著彆扭的個性，即使對心愛的人也很難坦露自己。「彆扭」，用的是這個詞。

我真討厭自己！

98

陳天說：「你有沒有這種感覺？——第一次見到一個人，你便覺得你會和他（她）發生某種聯繫？我總是在第一面時就認定的。我沒有想到我還能再見到你，我還向人問起過，那個人哪兒去了？」

是的，我也有這種感覺。好吧，看見了，這就是我們之間的聯繫，我們會相愛，然後分手，我以為我會忘記你。

99

「這個男主角應該是陳天那樣的人。」卓雅說。

卓雅是電影的製片人，三十六、七歲，風韻猶存，清秀俏麗，笑起來有著小女孩兒的神態。我暗自想：這是陳天喜歡的類型。

卓雅很早認識陳天，對他印象不壞。

「陳天，是哪樣的人？」我問，不是明知故問，是的確不知她的所指。

「就是那種很男人的人。」

她認為她已經表述得很清楚了，我依然一頭霧水。

「很男人」——這是一個我從來不用，也不明白它所指的詞。

什麼叫做「很男人」？相對應的便是什麼叫做「很女人」？我唯一知道的是我長了一副「很

女人」的模樣。性情呢？女人應該外柔內剛，而愛眉說我「外剛內柔」。我最不能忍受的女人品質是「示弱」，而真正的女人懂得如何以柔克剛。我不懂謙恭，一味任性，我爭強好勝，固執己見。我沒有一副「很女人」的好性情，我也就不懂什麼叫做「很男人」。外表冷峻，內心溫暖？大大咧咧，不拘小節？這是陳天的樣子？我明明知道他心細如絲，顧慮重重，興之所至，有頭沒尾，與其說他很男人，我倒寧願說他很孩子氣。

他吸引我的到底是什麼？我吸引他的到底是什麼？我簡直被「很男人」這個詞弄糊塗了。最終我知道這個「很男人」的所指是在好久以後——陳天的愛是「很男人」的，那是一種寬厚的情感，帶著欣賞、寬容、體恤和愛護，完全的善意，沒有占有欲，也沒有現實的利弊考慮，讓你在他的目光裡慢慢開放。這是讓女人變得幸福而美麗的愛情。但是這是審美的情感，會向一切他認為美好的人開放。這種愛情總是停留在賞心悅目的一刻，要貫徹到底則需要更大的力量和激情，那是陳天所不具備的。更強大、持久的情感也許必須攙沙裹石，帶著占有欲，瘋狂、殘酷、嫉妒、強制？

我被「很男人」的愛所吸引說明了一件事——我挺著脖子支持了那麼多年，最終希冀的竟然也不過是被寵愛，被恰如其分地寵愛。

這個發現可真讓我瞧不起自己！

100

那個年輕女孩滿臉淚痕，酒吧昏暗的燈光讓她看起來又是淒楚又是癲狂，她已經在這兒坐了三個小時，她在向一個朋友訴說，我有一句沒一句地聽見，她愛上了一個有婦之夫。

「我每天都在想我不活了，我就守在他門口，他一開車出來，我就撞過去，一頭撞死在他車上！」身上發冷，毛骨悚然。

這就是愛情，比恨還強烈的恨！在血污中愛和恨合而為一。她要讓她愛的人一輩子痛苦，一輩子生活在滿車鮮血的陰影下。如果這是愛情，這是什麼樣的愛情？她真的這麼幹了，這麼死了，有人會說：癡情女子。什麼樣的癡情？

我做不到，連起身給他打個電話我都做不到。

101

蠢到難以置信——我被自己驚得目瞪口呆，在那個雨天。

那是離開陳天一年以後，我和愛眉等一干人在大連度假。那天從早晨起就一直下著濛濛細雨，愛眉的朋友開了一輛中型麵包車帶我們去軍港。

因為起得早覺得睏，我一個人坐在了最後一排懶得開口。透過貼了防曬膜的車窗，外面的海灘、別墅、樹林罩在灰色的蛛網裡，模糊遙遠，什麼也看不清。公路修得不好，十分顛簸，也可能是我坐在最後面的緣故。這樣晃了一個小時，我想我該換個位置，但我還是懶得動。就在這時，那個念頭不知道從哪兒飛來了，

直嚇得我胃裡一陣翻騰。

——是沈雪。

這莫名收場，到現在還糾纏著我的戀情在那一瞬間迷霧散盡，我恍然大悟陳天那個從未露面的女友是誰——還能有誰？我早就知道了，從一開始郭郭就告訴我了，是陳天的女祕書，比我小五歲的女孩沈雪！

有什麼奇怪？你會說，你一直知道他另有一個情人，這不是什麼新聞。不，不，他的情人可以隨便是任何女人，只要不是沈雪，只要別讓我覺得我是個蠢貨，我是個不可救藥、幾巴掌都打不醒的蠢貨！我說過我掌心有「十」掌紋，我有直覺能力，而其中最靈的就是對男女之情的敏感。十二歲時，我媽有個同事張阿姨鬧婚外戀，來找我媽訴說衷腸，我媽這人素以正派著稱，對這種事的態度可想而知。她們談得十分隱晦，也沒有提是誰。我偶然走進房間，她們的交談繼續，我只聽了幾句，但我記住了。多年以後一次提起張阿姨，我說知道。和XX叔叔鬧過婚外戀那個。老媽很震驚，問我怎麼知道的。我不知道怎麼知道，但我就是知道。後來長大了，此種功力自然更高更強，在我方圓之內只要有人泛動眼波，賣弄哪怕那麼一點兒風情都會被我捕捉到，身邊朋友的戀情我總是第一個知曉，誰存了什麼心思我也能略知一二。這種事，最細微的跡象也逃不過我的眼睛，我甚至能用鼻子聞出來。

我怎麼能這麼蠢！真是一個謎！

好，說沈雪。——細眼重眉長髮的清秀女孩，印象裡總是簡單隨意的打扮，不多話，也不做作，樣子像個高中生。（看出了吧，是陳天喜歡的類型。）我跟她交情有限，但一直友好。每次我去「天天向上」，她都會拿茶杯，倒水，交給我列印好的劇本，偶爾也會聊兩句天。我聽多嘴的郭郭說起過她，生在南方的一個小城，父母離異，生活清苦，在北京上了一個不知名的大專，母親不知跟公司裡的哪個人認識，推薦她來當了陳天的祕書。沈雪在北京唯一的親人是她的一個遠房表姊，好像是某個報紙的娛樂記者，郭郭認識，按郭郭的說法以沈雪和陳天的曖昧關係為榮四處傳播。也正是因為有了郭郭對她表姊品行的質疑，我把她在第一時間就告訴過我的陳天和沈雪的關係當成了無聊人的無聊閒話。但是難道我會看不出來嗎？當然不是。我看到過陳天在許多場合照顧沈雪，只要能照顧到她的地方，他便會想法兒說幾句，表示他的關心。公司中午盒飯不好吃的日子，他們也時常一起出去吃飯。他對女孩兒一向周到，為此懷疑他未免小氣。沈雪是個清純爽快的女孩兒，在我進進出出「天天向上」的日子裡，眼見她日漸陰鬱，心事重重，變得脾氣古怪，帶上了一副女人才有的怨婦神情，難道我沒有想過為什麼？

有一次，我和陳天談到很晚，公司裡的人都下班走了，外面房間的沈雪也走了。我們一直在說，頗為嚴肅，談些什麼我忘記了，反正是公事，那時候我還在和陳天保持距離。外面的天色漸漸黑了下來，整個辦公室變得十分安靜。忽然，外面的門響，有人進了外間的辦公室。「誰啊？」陳天問了一句，沒有人回答。我想是沈雪忘了什麼東西吧，沒有在意。交談在繼續，陳天忽然起身拿起茶杯走出門去，意思是去倒水。外面的房間沒有開燈，隔著玻璃門顯得有些異樣。他在外面說了兩句什麼，但沈雪一直沒有聲息，那時間應該比倒一杯水要長。他端著水回來以後我沒有再想這件事，也沒有注意他是否喝了那杯水。

另一次，香港來的一行人在公司談合拍片的事，中午的時候想吃川菜，我們便去了公司附近的天府酒家。臨走陳天問沈雪要不要一起去，沈雪搖了搖頭。飯吃到一半陳天的呼機響了，他看了一眼沒有回電話。我們回去的路上陳天停在一家雜貨店前買了什麼。「是沈雪託他買什麼東西吧。」我不知道為什麼會這麼想。回到公司工作繼續，香港人擺弄他們的攝像機，看拍下來的北京外景，我去了樓道的衛生間。就在我快步穿過外間走到門外的幾秒鐘裡，我看見陳天停留在沈雪的辦公桌前，他微微駝著背在說什麼，或者在給她什麼東西。我的腳步絲毫未停，但是那瞬間的背影對我已經足夠。那種讓鼻翼擴張心裡發緊的氣場已經在那兒，無從解釋但掩飾不住。「這樣不行，這讓我討厭。」我在走廊裡對自己說。

還有很多這樣的時刻，我把它們都忽略了，忘記了。而在那個雨天，在大連城郊的公路上，它們一件又一件地冒出來，絲毫不考慮我的承受能力。「不要女祕書和男總裁的情節，不好。」陳天對一份電視劇梗概提意見。「我比你大二十歲，難道我沒想過這個。」你比她大二十五歲，還說這種假惺惺的話幹嘛！「你還是個幼女呢。」

天啊！

「停車。」我在後面有氣無力地說。

「你怎麼了？」愛眉回過頭。

「我要吐了，暈車。」

「停一下車，陶然不舒服。」愛眉大叫。

站在灰濛濛的公路邊，我的頭髮和衣服越來越濕，愛眉在旁邊撐著傘，我推開她。

「吐出來吧，吐出來會好受點兒。」

但是我只是彎著腰乾嘔，什麼也吐不出來。

「我怕會出人命。」——就是那個會出人命的人！

我想起無數次我在她的眼皮底下，在她的注視下走進陳天的辦公室，想起隔著那一道玻璃門陳天的手指怎麼劃過我的手背，想起在他們的床上他怎麼一根一根撿起我的頭髮，我無地自容，幾乎羞愧至死！

對著遠處雨霧中的田野，那團堵在胸口裡的愛情是吐不出來的，嘔出來的只有眼淚。我直起腰，含著眼淚，我說：「我不能原諒他。」

102

最初的，也是最強的衝擊波慢慢跌了下來，那是幾個月以後了，我想我不能原諒他是因為他用一個前提毀掉了我生命裡罕見的愛情。他所有的行為，所有的話語，所有恍惚的眼神因為這個前提都產生了新的注解，使它成為一個由於重重誤解產生的愛情，鏡屋中的愛情。他當時對待我的方式源於切實的顧慮所帶來的猶豫，而我則理解為古典愛情的迷人之處。他的方式是迫不得已的，卻是唯一能打動我的方式。

誤解——因為誤解，我不能不懷疑這愛情的價值，唯恐自己顯得愚蠢可笑。可是也許所有的愛情都來源於偶然和誤解、天氣、溫度和濕度，恰當的條件產生愛情，至於這條件是人為製造的，還是行星運動的必然結果，其實都一樣。

能帶來美感的誤解，一生遇到一次已算不錯。

但是他為什麼不說?!

該用什麼為他這刻意的隱瞞開脫？

第一次不說，以後就再難開口了？他為此感到害臊？他怕我會因此離開他？沒錯，我會離開他的！再或者他根本沒想到我竟然不知道，竟然這麼蠢，連我自己不是也沒想到嗎?!

有一個關鍵的問題：如果我一開始就確切地知道沈雪是陳天的女友，我還會和陳天走到這一步嗎？

答案是肯定的：不會。我肯定不會跟他有染。

理由？別問我理由，當然有假模假式的好聽的回答——和他不離開她的理由一樣，我不能和一個比我小、比我弱的女孩子爭奪他。她應該是天真的、純潔的，是交到他手裡的處女，要他呵護寵愛的。不是這樣，只是這個事實傷害了我的驕傲，如此而已，不必惺惺作態。

這樣便有了一個解釋——我無視這一明顯的事實，因為我要給自己和陳天機會。

是的，徐晨說得不錯，我總是會對這世界有所眷戀，陳天就是我的眷戀。

我對這世界的唯一的眷戀甚至不是完美的，它充滿了缺憾、疑問、痛苦和羞恥，它應該是這樣的，這世界上的一切東西都是這樣的，它符合這個宇宙的規律。真正完美的東西與我們無關，對我們毫無意義，觸動不了我們的心靈，因為我們就是充滿缺憾、疑問、痛苦和羞恥的，我們就不完美。

不是我們不配擁有完美的東西，而是那東西的確與我們無關。

所有的理由都是好聽的藉口，他不離開她，僅僅是因為愛她，而他又不願意讓我難堪。再或者什麼都不是，他不過是個貪得無厭的好色之徒，如此而已。

103

以我粗淺的經驗，中國男人有少女癖的不在少數。日本人不用說了，幾乎個個是少女癖，一個四、五十歲的男人，為了摸一個女中學生的膝蓋，願意出十萬到十五萬日圓，這足以解釋澀谷大街上那些屁大的小女孩背的普拉達包為什麼全是真貨。我認識一個中國留學生寫了一篇〈試談日本人的少女崇拜〉，獲得了東京大學的社會學碩士學位，他的導師是這方面的專家。

我得說，有如此癖好的男人生活在亞洲真該謝天謝地！想想歐洲美洲的男人吧，想想可憐的亨伯特教授吧，他要找到一個完美的性感少女，只能到九至十四歲的幼女中間去找。你肯定注意過那些外國孩子小時候是多麼可愛，皮膚細膩如脂，柔軟的金髮像小動物的絨毛一般，長大可就難說了。這些小可人兒長到十六歲就已經大屁股、大乳房、皮膚粗糙，跟個成年婦女無異了。她們開放得太快，對於喜歡玫瑰花苞，而不喜歡玫瑰的人真是不幸，這些男人除了無恥地犯罪簡直找不到別的出路。而亞洲男人就不同了，他們選擇的餘地很大。我看過一篇文章，說中國婦女是從小女孩直接變成老太太，幾乎沒有女人時期，說得儘管偏激，但也有點兒道理。就像我，被人叫做小女孩的時間竟達二十多年之久。到了二十八、九，只要不說話，不直視別人，也能勉強冒充個少女。

很多人一輩子只喜歡一種類型的人，我和沈雪大概看起來就是一種人，在陳天的愛情裡我並無特殊之處。

104

想想我在他面前扮演了一個什麼角色？爭強好勝，言詞間都不肯輸他半分，跟別的男人上床還跑回來告訴他，不是挑釁是什麼？頑固己見，難以約束，自作聰明！誰會要這樣的女孩兒？吃力不討好地扮演這麼個角色幹什麼？他說過他不喜歡我突然剪短的頭髮，不喜歡過分暴露的內衣，他沒說過的還有些什麼？

你原本是可以一直低著頭的，你可以溫順，可以賢淑，可以安靜地等待、哀求、哭泣，以死威脅，你的愛情難道沒有強烈到打垮你的自尊嗎？沒有人會恥笑你，以愛的名義你可以做一切丟人現眼的事，你甚至可以在他的汽車前撞死！如果你不能這麼做，他會離開你，你將一個人偷偷哭泣，沒有安慰，沒有同情，除了你自己，什麼也沒有。

他甚至不肯當面和我直說，他知道我是什麼樣的人，既不會對他刨根問底，也不會跟他死纏爛打，他利用了我的克制。堅強的人應該承擔更大的痛苦，因為這個倒楣的姿態，我被認定為是強的一方，應該接受傷害的一方，沒錯，接受傷害，揚起你的頭吧，這是你的天賦！

沈雪也不簡單，我在她面前從容自若是因為我一無所知，而她即使僅僅要保持禮貌都需要很大勇氣。有人會在她面前偶然說起：「陳天，我昨天看見你和陶然了。」說者無心聽者有意，只有她知道陳天如何解釋他前一天的外出，只有她知道他說了謊。每一天，她都守在陳天身邊，看著我進進出出，轉接我的電話，傳達我的留言，她不變得日漸憂鬱、心事重重那才叫怪呢！偶爾的愛答不理已經算是不錯的表現了！

這個故事可以是另一個故事，由沈雪講述的故事，也是一個女孩兒一個人的戰爭，她是否能贏得這場戰爭呢？

就像陶然對自己被稱為強的一方感到不滿一樣，沈雪可能對被稱為弱的一方同樣不滿。這是一個故事的兩面，這是故事的有趣之處，女孩兒陶然的故事肯定是不完整的，肯定還有另一個故事。

但是，還是先把陶然的故事講完吧。

105

我又夢見了陳天。

夢見他是我隱密的、另一處的生活，我沒有提起，但它一直存在。

離開陳天以後我常常夢見他，有時候我害怕做夢，有時候又渴望夢中的幽會。有一陣子，我覺得我已經把他推到了記憶深處，對他的渴望不再干擾我的生活，一切看來風平浪靜。忽然，一個平常的夜晚，他再次出現，如此真切生動，帶著一切他的氣息，就是清醒時努力回憶，也不可能做到那麼清晰。於是一切又回來了，所有的努力都白費，所有的愛情被還原如新。他總是在我的夢中出現，總是讓我在中午醒來時絕望地意識到我依然愛他。一夜的纏綿讓我精神恍惚，分不清現實和夢境的界線，睡夢中的身體敏感異常，他靠近時的感覺真切而尖利。他是不是在向我微笑，他是不是像夢中一樣向我伸出手臂，他是不是在他的國度裡想念我？

在夢中，我惶恐不安地看著他，偽裝畫去，然後我會拒絕醒來，為了能在夢中和他多待一會兒。這一切都是不受控制的，這種時候我會一直昏睡到下午，為了把他的氣息關在被窩裡。我在

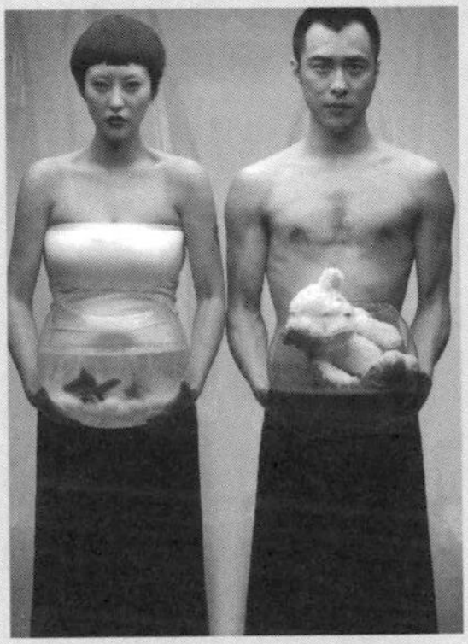

人們渴望日復一日的幸福，
其實有了日復一日也就不再有幸福。

夢中的樣子如此可憐，毫無風度和自信可言，甚至在夢裡我都在擔心，擔心他發現這是我真實的樣子，而白天的那個人則是個假貨，一個紙老虎。

我開始記錄他出現的頻率，一個星期，兩個星期，一個月，最長沒超過兩個月。我想如果他天天來，我會像在夢中與狐仙或鬼怪交媾的女人一樣很快死掉。在我想念他的時候，我吃褪黑激素，國外帶回來的Melatonin，我甚至吃撲爾敏，我整天睡著。

那感覺沒有的時候，你根本不知道那是怎麼回事，你不能想像他對你還有意義，那從頭到腳的異樣，沒有就是沒有，有了便是天翻地覆。我有時覺得潛伏在我身體裡的欲望已經慢慢退去了，忽然某個月圓之夜它又潮水般漲回，就像它們從不曾離去。

身體是否有它自己的記憶，身體的記憶是否比大腦更長久？

這夢境是由誰控制？被什麼機關開啟釋放？在什麼時候開啟釋放？我發現不了任何現實的因由，那感覺可能是身體中某種化學元素的忽然增多，而什麼東西能讓它增多？我吃了什麼？呼吸到什麼？它們在我的身體裡憑空產生嗎？

對我，他不再是一個現實的人，而是一種感覺，愛的感覺。那感覺在高峰處被突然冷凍，於是便停留在我的身體裡了，完好無損地停留在某處，不能進也不能退，不開花結果，也不腐爛變質。

在夢中我走過一家時裝店，櫥窗裡的模特穿著樣式奇特的絢爛服裝，店裡燈光明亮，隨便一瞟便看見幾件漂亮衣服，於是走了進去。裡面的女店員也乾淨整潔，眉目悅人，向我點頭問好，一件綠色的衫子掛在白牆上，又醒目又別致。女店員說：「要試試嗎？很合適你。」我說：「等一會兒，再看看。」「好，您隨便。」

我一件件地翻著，她在後面跟著，我便說了句客氣話：「都挺不錯的。」她說：「是啊，我們這兒的衣服都是特別設計的，別的地方沒有，這是陳天的店。」

——原來在這兒等著我呢！

他非常狡猾，躲在夢的各個角落，猝不及防地溜出來嚇你一跳。

106

我記得陳天說過他很少做夢。在我們交往之初，有一次他告訴我他夢見了我，這令他十分驚訝，我想這使他確信自己愛上了我。後來我在書中看到，印度人認為人的最高狀態是無夢的睡眠。一個人一旦調整到這個狀態，他就可以擺脫所有世俗偏見的困擾，把時間和空間合而為一。我想陳天可能並不希望夢見我，這打破了他和諧的世界。

《奧義書》裡說天地萬物都有兩種形態：一種存在於目前的世界，一種存在於另一個世界。還有第三種形態——介於二者之間，是睡覺的狀態。睡覺的人，也就是處於仲介狀態的人，有能力同時察覺處於「目前」和「另一處」這兩種狀態的事物。夢被作為神諭，凱撒的繼承人奧古斯都曾頒布法令說，任何公民只要夢到和共和國有關的任何事情都必須在集市上向他報告。我的夢到底在向我講述什麼？

探求夢境，也許是在探求時間的背面，或者是空間的另一面？當古代中東的人把做夢歸結於外部神鬼的推動作用時，我們中國人則堅持自己的信條，即做夢來自於自己本身——做夢者體內遊動的靈魂。而亞里士多德則相信夢並有預言性，而是現實的觀點，夢中的景象對醒來後人的行為有一定的影響，因為人醒來後，夢中的思維狀態會繼續保持一段時間，這成了有意識思考的起點。

也許我是因為夢見陳天而愛他，但是這還是解釋不了我為什麼夢見他？是我不斷地夢見陳天這個事實使我不能忘記他，還是正好相反，因為我在潛意識裡不能忘記他，所以才會夢見他？我想找到不能忘記他的原因，或者找到夢見他的原因，哪一種都行。

夢見陳天這件事，首先的聯想便是我常常聽到的佛洛伊德的陳腔濫調：「每個夢的意思都是對實現願望的請求。」是我被壓抑的欲望的虛幻滿足。這個說法太簡單了，不能滿足我，就像我不能相信夢中出現的所有長形東西，槍、刀、筆、手電筒都代表陰莖，拉關抽屜代表性行為一樣。但是如果相信榮格的說法認為：『夢是公正的，潛意識中靈魂的自發產品，不受願望控制……』就更為可怕，如果陳天的出現與願望無關，那麼與什麼有關？『夢不會欺騙，不會說謊，它們不會歪曲事實或假裝，……它們總是尋求我們自己不知道，甚至不想知道的一些東西。』我不知道什麼？

據說，所有健康的哺乳動物都做夢，人類的嬰兒也把他們的大部分時間投入其中，這被稱為REM——快速眼球運動的做夢睡眠狀態。他們在子宮裡的時候就是如此。我真想知道嬰兒在子宮裡所做的夢，那夢裡會有什麼呢？也許是他們的前世。當然，還有一種觀點，把夢看作是頭腦代謝的廢物，無意識的，隨機發生的，白生自滅的信號聚合刺激睡眠時的中央神經系統。我天生排斥這種唯物主義的反心理學態度。

「我們做夢是為了忘記。」

——忘記？我沒有因此忘記陳天，反而記住了他。

「夢在個人記憶篩選和保存方面有著重要作用。」

——關鍵問題是，基於什麼樣的標準來選定這些內容？

我看了很多書想對做夢獲得一種明確的看法，卻發現有數不勝數的前輩為此花費一生的時間，建立了各種各樣關於夢的系統。他們互相爭吵，針鋒相對，已經鬧了很多個世紀。我這種想獲得明確看法的企圖，忘記了一個基本事實——沒有真理，只有某種被認可的學說。

107

我和陳天之間的事三言兩語就可以說完，這裡面可以稱為事實的東西極其簡單——一次微不足道的戀情，與這世界上每一分鐘都在發生的千百萬次的戀情並無差別，情節雷同。但是它還是有某些東西令人驚異，它的影響十分微妙，如同一個雞蛋在沸騰的水中微微爆裂，生活那光滑的外殼有了可以指認的缺口，在冒著熱氣的水面上泛起一層白色的泡沫，雞蛋的損失你可能看不到，渾圓細嫩依舊，但是泡沫畢竟存在。

你問了第一個「為什麼」，便要開始一次靈魂的冒險，接踵而來的是一個又一個的「為什麼」，無窮無盡。

這世界上有很多窗，有人打開這一扇，有人打開那一扇，無論打開哪一扇，你都將走入同樣的虛空。

108

在夢中陳天會飛，他穿著奇異的魚網似的白色衣服，他的皮膚像海豚一樣光滑，發出光亮，他的臉有時候不是他的，但我知道那是他。我不知道誰還經歷過這種幻影的愛情，也許很多，要不然怎麼會有「夢中情人」這個詞？「夢中情人」——如此貼切倒顯得可笑起來。

這個夢中人取代了真實的陳天，使我再次見到他的時候，完全慌了。

我無法跟他交談。

我掉頭跑了。

109

愛眉沒在辦公室，同事指指會議室的門，「她可能在會議室。」我道了謝，走到會議室前，門口貼了張列印的A4紙——指明裡面是什麼青年文化與文學的研討會。我沒猶豫就推開門，會議室裡燈光雪亮，長條桌邊坐滿了人，一個戴眼鏡的中年男人正在發言，沒看見愛眉。

這時候，一個人忽然高過眾人的頭頂，起身站了起來，他的目光定在我身上，在眾目睽睽下毫無遲疑地走了過來——是陳天。

我退到門外，他跟了出來，回身帶上門。他看著我，他還是他，他在樓道裡愣愣地看著我。我看得出他和我一樣驚呆了。

「你怎麼在這兒？」

「我知道總會在哪兒碰上你。」我說了這話，努力沈靜如常。

「你都吃什麼呀，怎麼一點兒不變？」

「是嗎。」

「你好嗎？」

愛眉從一個房間冒了出來，又躥進另一個房間。我像看見救星一樣大聲叫她，她沒聽見，我不管不顧地追蹤而去，既沒跟陳天打招呼，也沒和他說再見，把他一個人硬生生地扔在了那兒。

我不行了，我能說的是「我不行了」。

十分鐘以後，等我想到我不能把他扔在那兒，再跑回樓道裡，他已經不見了。

我語無倫次地向愛眉說了我要的資料，說得飛快，我突然告辭，出門就上了在門口趴活兒的計程車。我蜷在後座，腦袋昏然一片，沒有意識到我的眉頭緊緊地蹙成一團，但我知道我在發抖，像一個大白天撞見鬼的人一樣發抖，牙齒的抖動尚能勉強克制，肩膀和心臟卻抖得要把我搖散一般。

車在街道上飛馳，怎麼可能有這麼空的街道？街邊的大楊樹在風中嘩嘩作響，聲浪震耳，一句歌詞冒了出來，以前寫的——「你讓我變成風中的樹葉，一片片隨著顫動的空氣發抖。」

發抖。

一直到那天的晚上，我才恢復了正常的理智。正常的理智帶來的就是後悔。我知道我表現得非常冷淡，我扔下他走了，他會認為他已經被我從生活中一筆勾銷了，我不再對他感興趣，甚至再不想和他說話，不想和他打交道了。我手裡拿著電話，我想打給他，我已經撥了號碼，但是——我說什麼呢？我有什麼可說呢？

我理解了一件事——只有膚淺的感情才能夠表達。

以前有兩樣東西我是相信的——一個是理性，一個是表達。對於陳天的愛情摧毀了我唯一相信的兩樣東西。

110

吃飯的時候我坐在一個棕色頭髮的老外旁邊，是剛從美國來的，他們公司的什麼法律顧問。我一直沒開口，整頓飯都是英文和中文交叉，我英語能力有限，犯不上費這個勁。飯吃到一半，我身邊的棕髮老外忽然用中文說：「你是寫作的？」

「是。」

「不錯的工作。」

「謝謝。」這老外居然發音純正，絕非學了一兩句來賣弄。

「你的文中說得真好。」

「謝謝。」

「是在中國學的嗎？」

「香港。」

「有興趣學著玩兒的？」

「是有興趣，不過不是學著玩兒的，我研究中國古典文學。」

「不簡單。你不是他們的法律顧問嗎？」

「我後來才改學的法律。」

「是這樣。」不用說估計也是生計問題。

「寫作很不錯，我現在除了公文什麼都不寫了，除了記錄我的夢。」

「記錄夢？很久了嗎？」

「是，很多年。」

「我也記錄。」

「是嗎！夢很有趣，我在夢中有時候是白人，有時候是黑人，有時候是老人，有時候是女人。你可能是一切人。」

「女人？」

「對。」他肯定地點點頭。

「也可能你就是女人，這個法律顧問，不過是那個女人做的夢。」

「你是說，莊子、蝴蝶的事？」

「對，你是研究古典文學的嘛。」我笑，「我有個朋友常常做這麼一個夢——房間中間有一盞燈，他想把那盞燈關掉，但是滿牆都是開關，他不知道哪一個是，他就不停地關啊，關啊，但總是關不上那盞燈。」

「在夢中，我會問自己，這代表什麼？」

「怎麼問？」

「比如，我夢見一頭狼在後面追我，我不停地跑……」

「怎麼跑也跑不動，腿像灌了鉛？」

「對。」

「牠馬上就要抓到我，牠的爪子已經搭到了我的肩膀上，我就問自己，狼代表什麼？」

「在夢中問？然後呢？」

「那頭狼就在我眼前軟了下去，慢慢化掉了。」

「化掉了？完了？它代表什麼？」

「你得面對它，就代表這個。」

「我經常夢見我以前的男友，我不知道這代表什麼？」

我一定是瘋了，居然在一個全是陌生人的晚餐上，對一個初次見面的外國人說這種話？我對外國人一向缺乏興趣，我喜歡心領神會，而跟他們說話，除了互相解釋和介紹就沒別的。可是這些話，我居然就衝口說了出來。

他笑了笑，目光很柔和，沒有嘲笑也沒有好奇，不緊不慢地說：「我想你也應該面對他。」

——這個人是老天派來點化我的！

告別的時候，我向眾人都只是禮貌地點頭，只向他伸出了手：「很高興認識你。」

「我也是。」

他隨著眾人走了，我居然有一點兒捨不得。沒有記住他的名字，也不必記了，我們不會再見面。

一個沒有名字的陌生人，我向一個沒有名字的陌生人說了我的祕密。

111

那天夜裡我忽然原諒了陳天，出於憐憫原諒了他，不是對他的憐憫，而是對人類的憐憫，對自己的憐憫。我們都將憐憫自己，因為我們既無從瞭解自己，也無法把握自己，我們沒有運氣成為幸運兒，成為愛情的劫後餘生者，生活的劫後餘生者，我們只能顯得可笑、卑微，沒有其他的可能。

如果不能原諒他，我難道能原諒自己做過的那些荒唐事嗎？

唯一能夠指責他的，是他缺少面對這一切的勇氣。

但是算了吧。

為什麼我要為每一樁行為、每一種情緒都找出一個緣由？我不厭其煩地為所有的事物尋找理由難道不是荒唐可笑的嗎？我為什麼需要這些理由，它們到底於我有什麼意義？它們到底對什麼有意義？既然你早就明白不會有絕對的意義，理性不是扯淡嗎？你怎麼能要求所有的事物都是有邏輯的，都是有因有果的，都是從一到二的？根本就沒有這回事！

「這樣的人認為，一個有才智的人只能為值得憔悴的人才憔悴，要是有人為霍亂菌這樣渺小的東西而甘願染上霍亂，豈不是咄咄怪事！」

我就是普魯斯特所說的「這樣的人」。

這樣倒楣而討厭的人！

112

我的夢。

那天傍晚，他來了，有一張蒼白如紙的臉，堅硬而脆弱，紋路深刻，英俊異常。我愣愣地盯著那張臉，眼神裡的倉皇讓我心疼。我把習慣豎起的衣領放下，露出脖子，這樣做的時候有點兒慌張，唯恐我的脖子不夠白嫩不能引起他的欲望。我的動作引起了他的注意，眼神裡多了委屈和無奈，讓我覺得自己過於魯莽了，

不能太主動，獵物應該像一個獵物，應該安靜地接受自己的命運，我把領子重新豎起。

「你在等我？」他開了口。

「沒有。」

他搖了搖頭：「你的眼睛裡有太多的渴望，甚至超過我的。」

「你不喜歡？」

「你渴望什麼呢？不朽嗎？」

「不是。」

「那是什麼？」

「致死的激情。」

他嘆了口氣，說：「我想喝水。」

我遲疑了一下，倒了水端給他，他已經在黑暗的窗前坐了下來。我注意到他拿起杯子的手，纖細漂亮，也是我的最愛。

「你也喝水嗎？」我看著他把水喝掉一半。

他放下杯子，說：「致死的激情只有一次。」

「我知道。」

「可你想的是一次又一次……。」

「即使是你，也不行嗎？」

他看著我，以他最平常的神情看著我，我覺得我的五臟六腑都在他的目光下疼痛起來，分泌著一種酸楚的物質，把我的整個身體浸滿。我知道這感覺是什麼！

他走近我，手指伸向我，那手接觸到我的一瞬間我的身體晃了晃。他只是撫平我的衣領，很細心地一點一點地撫平。

他的嘴唇柔軟異常，是為了給他的尖牙作襯托，他的吻又密又深。

「有一點兒酸？是什麼？」他在我耳畔問道。

「愛情。」我的身體在他的懷抱裡已經柔軟得不能支撐。「我要死了嗎？」

「是的。」他說，「我們會做愛，然後你會死去。」

我的吸血鬼，你是否存在？

113

「方濤。」我叫住從我身邊走過的那個白領男人。

他停下腳步，回身看見我，笑了。方濤穿著深色西裝，頭髮一絲不亂，襯衫和領帶搭配得無懈可擊，鞋上甚至沒有北京常見的塵土。而我依然中學生似的穿著牛仔褲和粗絨帽衫，墨鏡滑到鼻梁上。我們這兩個看起來毫無搭界的人站在那兒互相打量互相微笑，像別的人一樣，他說：「你還是沒變。」

方濤讓我想起我那些年少輕狂的日子，他看起來有點兒老了，但更加的溫文爾雅。他是我見過的最紳士風度的男人，絲毫不是矯飾。他對我說話的聲調總是平靜而溫和，在我不打招呼就消失兩、三個月，甚至更長時間的時候也從來沒有要求過我的解釋。只要我去找他，他就會微笑，會和我一起聽英文老歌，一起聊天，一起上他那張一塵不染的床。有時候我會對他那安靜的笑容感到惱火，會故意挑起事端，想讓他對我發火，對我吼叫，打破那張英俊面孔上的淡然表情。只有一次我做到了，在街頭，我指責他對別人說了我是他女朋友。他臉上的線條忽然變得僵硬起來，聲音也提高了：「我不可以這麼說嗎？」我愣愣地看著他，認為他馬上就要和我理論了，就要跟我發火了。但是沒有，他臉上的線條又柔和下來，不願意和我計較似的。

「算了，對不起。」他居然道歉，「車來了，上車吧。」

我上了車，他在外面向我揮了揮手，甚至還微笑著。

這就是方濤。

此刻我坐在他對面，看著他依然如故的笑容感到不好意思，而且害臊。我很想對他說一句「對不起」，但是這句話看起來卻是那麼的不合時宜，彷彿說出來會讓我更加羞愧似的。我有什麼可以解釋的，唯一的藉口是我太年輕。

「在做什麼？算了，說了我也不懂。換工作了？」

「嗯，兩、三年換一次。」他遞了新名片給我，美國某某投資公司，不知道是幹什麼的。

「結婚了？」

他點點頭：「剛剛。」

他掏出錢包，打開，抽出一張黑白照片遞給我，照片上是個胖胖的小丫頭，戴著圍兜，一臉嚴肅，腦袋上梳了個朝天辮。

「我老婆。」他解釋說。

我笑了，把照片還他。他收起照片，他的手如此潔淨，戴著樸素的結婚戒指，指甲修剪得整整齊齊。——就像他的人生。

「你呢？」

「還是那樣。」

我從他的手指上收回目光，我們就那麼坐著，友好地相互微笑。

他的優雅，初次見面便吸引我的東西，完好無損，動人依舊，把我們聯繫在一起的就是這面對生活的優雅。他知道我過分浪漫，對日常生活不屑一顧，與他希望的實在的生活相距甚遠，我也知道。他總是在我睡得迷迷糊糊的早晨起床，輕輕吻我，然後出門上班，他給過我家裡的鑰匙，要我留下。在他下班回來之前，我把鑰匙留在桌上，走了。我從未對他說過任何一句表達感情的話，最簡單的也沒有，以前沒有，現在就更不會。

我們在茶館門口道別，我謝絕了他送我的禮貌提議，看著他把車倒出停車場。他的動作從容不迫，彷彿這世界上的一切都不能打破他內心的平靜似的。但是誰知道呢，這種平靜是不可能存在的，他平靜的外表下動蕩著怎樣的波瀾，我永遠無法知道了。如果幸運他會遇到另外的女人，也許就是照片上的那個胖丫頭，為了他那麼努力地保持他的尊嚴和平靜而深受感動，他們會因此而幸福，誰知道呢。

他向我揮揮手，我也揮揮手，他的車開上馬路混入車流不見了。我忽然地感到傷感，萬分傷感。

114

我糊裡糊塗地跟著他們吃了飯，喝了茶，又跑到酒吧呆坐。

他們通常會在「幸花」耗過午夜，然後去88號嗑藥，一直鬼混到第二天早晨八、九點，最後夾在早起上班的人流中回家睡覺。

因為老大一晚上不肯喝酒，阿趙一直在諷刺他，終於在晚上十一點把老大說急了。老大從兜裡掏出一小瓶速效救心丸神氣地往桌子上一放，抓起酒杯：「喝就喝！」

老大從上次吸大麻發病被送去急救，一直隨身攜帶速效救心丸。

阿趙一看也急了，也從兜裡掏出一瓶速效救心丸狠狠地往桌上一放：「誰怕誰啊！」

我在邊上一看，樂了：「完了，完了，這圈人完了，比來比去，比上速效救心丸了！」

老大和阿趙鬥酒的時候，徐晨之所以沒像往常那樣煽風點火，是因為他正忙著跟林木談文學，連續把七、八個「不行」輕鬆地放在別人的名字後面。談來談去，終於談到了陳天頭上。徐晨很有把握地斷言說：「他老了，他已經完蛋了。」

我一聽就怒從心頭起，轉過頭惡狠狠地插嘴：「你也一樣有一天會完蛋！」

徐晨奇怪地看了我一眼，決定不理我，回過頭繼續和老林煮酒論英雄。

我自覺失態，很快就告辭走了。

「這個自以為是的傢伙！這個可惡的東西！」計程車裡，我還在罵徐晨，一邊罵一邊平白生出許多哀傷，眼淚竟在眼圈裡打起轉來。

陳天老了，他肯定會老的，他已經老了，來不及享用我的愛情就已經老了！這個有著愛情天賦的人必將老去，必將變得麻木、冷漠、平庸而缺乏勇氣，我們都將如此。也許有的人會變得安詳、智慧，甚至寬容，但是這些於愛情無益。他將喪失他最好的天賦，成為一個寬厚的長者，一個善解人意的長輩，他將和其他人一樣！我必須見他，我必須趕在這一切來臨之前，我必須挽救他——或者在我十八歲遇到他時一切就已經晚了……

我站在那棵大樹下，陳天家樓前的那棵樹，我想那是棵槐樹，儘管現在沒有一片樹葉。他的窗口就在我眼前，亮著燈，在窗前一閃而過的影子是他，我手裡拿著電話，盯著那個窗口，我撥了號，但每次都撥不完。

陶然，算了吧，你做的蠢事還不夠嗎？別再幹過分的事了，一切都結束了，別再丟人現眼，回去吧。你會恨你自己，你會為你今天所做的事恨你自己，記得你在大連公路邊嘔吐的感覺嗎？那感覺會纏著你，讓你覺得自己是個傻瓜。可是，我管不了那麼多，我不想再裝了，我還來不及愛他他就已經老了，那些自尊心啊，驕傲啊，不值一提，誰會在乎？我要看見他，我要把他抱在懷裡，我要告訴他我愛他，不管那多麼的不合時宜！讓那些裝蒜的話見鬼去吧！那對誰也沒有好處！……十二點，一點，一點半，路上已經沒有多少行人，北京的冬夜，我覺得冷，很冷，冷也很好，再冷一點就會把身體裡的渴望凝固，它就不會再折磨你，你就不會再做蠢事，就站在這兒吧，就這樣接近他吧，直到你心中的風暴平息，直到你不能忍受為止，我允許你站在這兒，看著他的窗戶，到此為止，把電話收起來，除非他現在走下樓，看見你，除非有這樣的奇蹟發生。一點半，兩點，不會了，再不會有奇蹟了，奇蹟已經發生過。記得情歌裡是怎麼唱的？——「你在這裡就是生命的奇蹟。」你在這裡已經是生命的奇蹟！

陳天，把燈關上，睡吧，就算你不知道我是愛你的，就算你不再記得我，你在這裡已經是生命的奇蹟。

115

兩個月後，陳天死於突發的心臟病。

沒有任何徵兆。

116

要講到那一天了。

那天晚上我和一個想拍電影的年輕導演約在「上島咖啡」見面，他剛出校門，像許多初出茅廬的年輕人一樣對未來充滿信心，世上無難事只要肯登攀的架勢拉得挺大。我聽他說了一小時他的藝術追求，聊得差不多的時候，愛眉過來了。她要了一杯西柚汁用吸管喝著，忽然衝我說：「你知道了嗎？陳天的事。」

「什麼事？」

「你不知道？他前幾天心臟病發作，就這麼完了，真恐怖。」

我沒說話，那個年輕導演問了幾句，愛眉說她也不清楚。那男孩兒又問：「陳天好久沒寫小說了吧？」

後來那個男孩兒告辭走了，我說好，再見，我們再坐一會兒。後來我起身去洗手間，後來我出來，發現走錯了方向，又往回走，後來可能是沒看見腳下那一階十釐米高的台階，我整個人僵硬地摔了出去，隨著周圍人的一片驚呼，極其誇張地倒在鋪著青石板的地上，動不了了。

然後是中醫醫院的急診室，那兒離三里屯比較近，愛眉給我掛了骨科，大夫說坐那兒，褲子能捲起來嗎？我說能，當然有點兒難，是牛仔褲。大夫東捏捏西碰碰，讓我屈腿又直腿，反覆地問疼不疼，疼不疼？當然疼，還用說嗎？大夫開了張單子，說去二樓照片子，然後指使愛眉，把身分證押那兒，借一輛輪椅，我就坐在了輪椅上，被推進電梯，上二樓，把腿放在巨大的機器下，彎成一個奇怪的姿勢，反覆兩次，然後又坐回輪椅裡，等著沖洗片子。

「他死了？」我問。

「誰？陳天？」

我點頭。

愛眉嘆了口氣：「人就是這樣，我上個月還見過他。這個月就是哪兒哪兒都不對……我早就覺出來了……」

上個月還見過他？可惡的愛眉，你要讓我嫉妒死嗎？我有多久沒見到他了？算不清了。不，不是，這個時間將被無限地延長，我再也見不到他了！

大夫把四張黑白骨頭的片子貼在燈板上反覆看著，那些骨頭看起來真細，你想不到居然就是兩根這麼細的東西支撐著一個人走動、跑動、跳躍、上樓、做愛……為什麼會想到做愛？因為陳天？他那總是溫暖的手，總是能讓我冰涼的手指感到溫暖的手。

「骨頭應該沒事，是韌帶和軟組織挫傷。」

「那還好。」愛眉說。

「還年輕嘛，哪兒能摔一下就斷了。」大夫關了燈板，拿下那幾張片子。

還年輕，還健康，還活著，這是我的現狀。而我愛的那個人，他跟這一切都無關了。他可以從這個世界上消失，但是他給予我的對於這個世界的眷戀卻依然存在，這是可能的嗎？

我想起徐晨說過的話：「等著瞧吧，那件事情總會來的，它會來打垮你，你躲不過的。」

愛眉說：「老天不會平白地給你任何東西，他既然給了你比別人更強的承受力，他也就會給你比別人更大的考驗。」

——這就是那件事，這就是那個考驗，它來了，我得迎接它，我得用我的冷酷無情對待它，我得傲慢，我得鐵石心腸，我得無動於衷……我知道躲進悲傷是容易的，我知道眼淚的感覺很柔軟，我知道生死相隔的愛情很淒美，我知道我可以一直睡著，一直想你……這些美麗的痛苦，我可以擁有它，我是任性的，那麼就再任性一次！嬌慣自己吧！憐憫自己吧！低下你的頭吧！堅強——這令人不快的美德，不被同情，不被可憐，不被嬌縱，是世界折磨你的藉口，是人們傷害你的口實，還帶著它幹什麼？丟棄它吧！

有的人生而被罰之多情，有的人則生而被懲之堅強。多情的人會被諒解，堅強的人卻得不到寬恕。

讓我脆弱吧！我懇求你們！

117

所有的東西都在和我作對，時間在一點點剝落你留在我皮膚上的溫暖，你的氣息也漸漸彌散在空氣裡了。留住那蛋糕一般的感受以備將來享用的企圖是徒勞無益的，沒有幸福可以封存不變。要知道你有種讓女人感到幸福的天賦，你會讓女人們變得瘋狂，以為她們找到了每個人都在尋覓的幸福甘露，她們會為此緊緊地纏住你，抓住你，等到她們意識到感到幸福和幸福是兩碼事的時候已經晚了。沒有人能抓住你，也沒有什麼能留住你，你的離去就是最好的證明，她們不能再爭奪了，你終於擺脫了愛情的糾纏……

睡眠摻和著他的記憶，讓我在半睡半醒中徘徊，睡不著，又不肯醒來。起床穿衣，梳妝打扮，去到那個現實的世界，不必了吧，那裡沒有我想要的東西。

下午三點從床上爬起來，開始慢騰騰地穿衣、洗臉，極度的虛弱感籠罩著我，胃在絞痛，一陣陣的噁心襲來，讓我覺得自己會昏倒在地。是因為饑餓，還是愛情？愛情也是一種饑餓，至少它和饑餓帶來的感受相同。

已經二十四小時沒有吃過東西，我拿起一盒蛋黃派，撕開，一口一口強迫自己吃下去。心「怦怦」地跳著，跳得太快了，像一面脆弱的鼓不能忍受再一次的敲擊。

我一邊吃，一邊哭。

你聽說過人會被餓哭嗎？

就像那天的我。

自殺的人肯定不是對某樣具體的事感到絕望，也許是由具體事件引起的，但他肯定是對整個世界失去了信心，失去了興趣，認為一切努力都是徒勞無益的，他實在鼓不起勇氣再吃飯、喝水、起床，那麼就睡去吧，算了吧，放棄吧，由它去吧……在陳天死後，我體會到了這種感覺。

我們一生中總要遭遇到離開心愛人的痛苦，那可能是分手，也可能是死亡，對此即使我們早有準備也無力承當。人類唯一應該接受的教育就是如何面對這種痛苦，但是從來沒有人教給過我，我們都是獨個兒地默默忍受，默默摸索，默默絕望。

118

下雨了，中午醒來外面就陰沈沈的，幾乎像是傍晚，令人抑鬱而沮喪。我決定結束幽閉的生活，去外面走走。

雨是看不見的，像霧，綿密柔和，只有臉上的涼意是可尋的，房間裡雨霧帶來的暗淡天空下卻沒有。我穿過街道，走進街心花園，一切頓時不同了。

雨賦予了萬物以色彩，四周都是新鮮動人的顏色。長出的新芽是那麼綠，桃樹的枝幹泛著紅銅的光澤，連一棵枯死的松樹都變成了鮮豔的橙紅色，過了冬的枯草也黃得耀眼。真是美麗。一切生命彷彿都在雨中變得生機勃勃，都重新獲得了希望。我在花園裡轉了很久，每一樣東西都看了又看，懷著異樣的欣喜。我總是說我是悲觀主義者，我對生命沒有好感。但是這些新生的，有著色彩的生命，居然讓我有了欣喜?!這是對生命本能的認同，是天性。

這時候我知道，他不在了，而我依然要活著。

119

後來有了更多的消息。那天的凌晨，陳天在家裡，在寫作，一個人。

半年多以前，他和沈雪分手，沈雪有了一個新男友，他們一起去了國外讀書，是陳天幫忙辦的。

算起來，那應該是我在雜誌社遇到陳天的時候，我把他扔在走廊裡，逃掉了。

我有什麼可說？

命該如此。

120

但是我在他窗下佇立的那個冬夜，其實是另一個樣子。我肯定不會對自己那麼嚴厲，愛情肯定打垮了我，絕望又排除了所有猶疑，我肯定屈從了自己的願望，我認了命，我給他打了電話。

「陳天，我是陶然。我想見你，我在你樓下。」

他在電話裡沒有驚訝，只是說：「來吧。」

那個夜晚，我身體冰涼，腦袋迷亂，他和我近在咫尺，身上的氣息清晰可辨。他看著我，目光如同很多年前的那個清晨，好多年前的那個下午，好幾年前的那個夏夜，他就一直用那樣的目光看著我，彷彿這中間什麼也沒有發生，他說：「孩子，你這是怎麼了？」

我看著別處，我想我無論如何要說出來，我已經來了，我已經看見他了，我已經抓住他了，

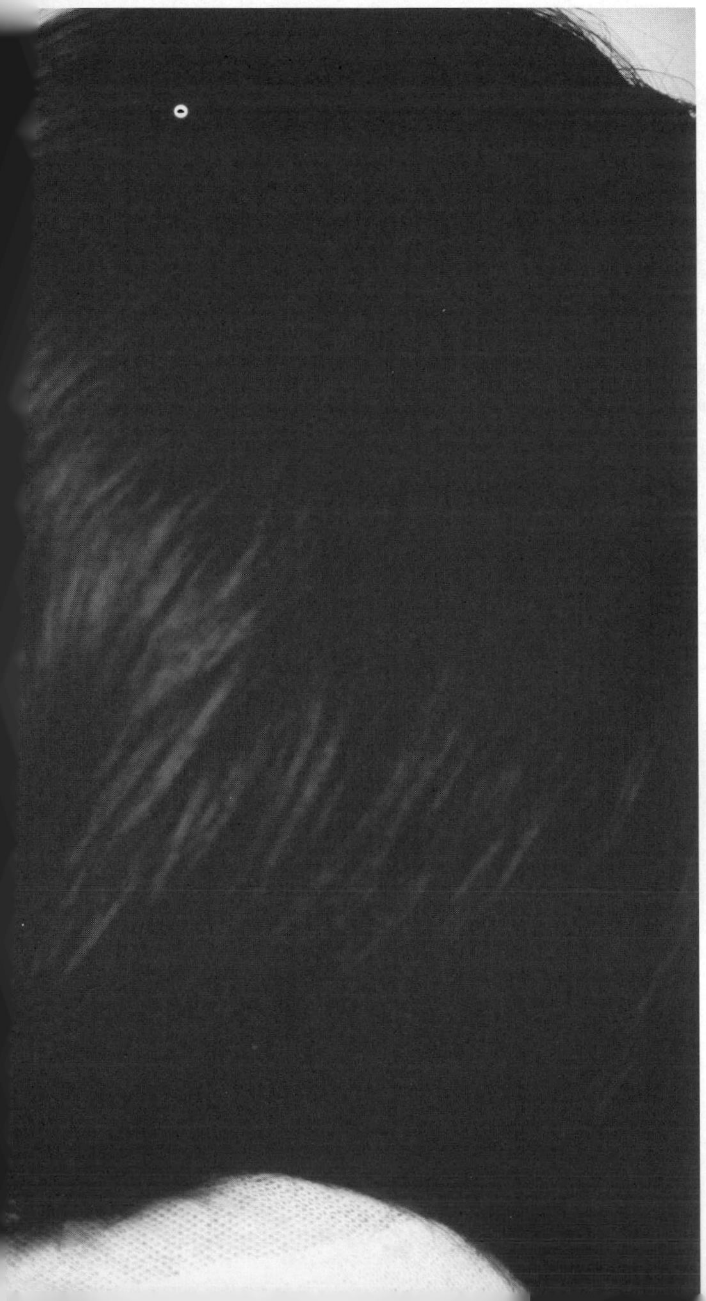

每個人都很孤獨。在我們的一生中，遇到愛，遇到性都不稀罕，稀罕的是遇到了解。

我必須開口，張開嘴說下去，幸好開頭的那句不難：「你是真的不知道，還是假裝不知道——後面這一句就難了，但是既然開了頭就得說下去，——我很愛你？」

「你是真的不知道，還是假裝不知道我很愛你？」我就是這麼說的。

「我知道，我一直都知道，我也愛你，你一直在這兒，」他指了指自己，「一直在，從沒離開。」

好吧，他知道，別責怪自己了，你並不像你想像的裝得那麼酷，他一直知道，他說「一直」。

他抓了我的手，送到唇邊，很慢地，幾乎是小心翼翼地，一個手指一個手指地吻著。

到底還是在他面前哭了。

也許因為一夜沒睡，在第二天黎明的晨光裡，他看起來的確老了。

「你要害死我嗎？」他的眼睛裡帶著笑意，親了親我的肩膀。

那是我的，最後的陳天。

121

陳天的死除了讓我絕望之外，還有另一個結果——使徐晨他們放棄了對搖頭丸的熱情，每天帶著速效救心丸過日子總不是件愉快的事。

「我以後可不能再亂說話了！我說他完蛋了，他就真死了！我不是成了烏鴉嘴了嗎?!比如

說，我要說……」徐晨的眼睛在在座每人的臉上轉了一圈，每個人都對他怒目而視，他只好說，

「我要是說徐晨完蛋了！我就能死？」

沒人理他。

「那我以後多說說『祝你們幸福』，總行了吧？」

「烏鴉嘴的意思就是說，說好的不管用，壞的一說就靈。」我在邊上告訴他。

「那我怎麼辦？」

「閉上你的烏鴉嘴。」老大吼了一聲。

122

我經常會產生這樣的錯覺，覺得我的生活不過是一部電影，下面就要出現一組表示歲月流逝的鏡頭，再轉回來，那些痛苦、絕望的日子已經過去了很久，另一個故事又會開始。每一次我都驚訝地發現，居然我還坐在我的藍色轉椅裡，什麼都沒有改變。

和陳天分手以後遇到過他的一位舊時女友，對他頗多抱怨。她一定忘記了他為她做過的許多孩子氣的舉動，他愛她時深情專注的樣子，那是他能給女人的最好的，也是唯一的東西。他一生愛過很多女人，這並不能貶低他的愛情。我對他說過，無論以後發生什麼，我都不會責怪他。

我一直努力做到。

當然，這很難，有時候我會突然陷入怨恨，對自己的怨恨，對他的怨恨，因為我們浪費了

他一生中最後的時光。如果他知道他會死去，他會放棄我們的愛情嗎？這是我再也得不到答案的疑問。但是，他當然知道他會死去，我們每個人都會死去，我們依然要放棄很多東西，不可避免。

那個時候，一個本來在北京搖滾圈混的大眼睛女孩兒到香港發展，改名叫王靖雯，以她的另類風格異軍突起，成了如日中天的歌壇天后，還上了《時代周刊》的封面。她有一首歌叫做〈我願意〉，由管弦樂伴奏，如泣如訴地反反覆覆吟唱著一句：「什麼都願意，什麼都願意，為你。」在多年前的那個夏天，我常常一遍又一遍地聽著這誇張的情話。——「我願意為你忘記我姓名，就算多一秒停留在你懷裡，失去世界也不可惜……」那不是真的，那是我的願望。

123

有人要拍一個愛情故事，叫了幾個編劇去聊聊，我一進屋看見武胖子在，知道今天妥了，用不著我多費口舌。

武胖子是我學弟，自稱不是不願長大，而是不能長大的永遠的少年，對一切事物充滿熱情，生命不息說話不止。我隔不多久就想見他一次，待不到一個小時又想離開，想見他是想感受生命的活力，想離開是因為體力消耗過大，光聽他說話我都喘不上氣來。

大家坐定策畫就說了，今天叫來的都是寫愛情的高手，對愛情這碼事很有些心得。別人沒說話，武胖子便說：「心得——的確都是心得，我們在肉體上還十分純潔。」

然後武胖子又說——「愛情，在人和人的關係上我覺得已經沒什麼可寫，我覺得要寫就寫物與物之間的愛情，比如菸和菸灰缸，菸總是眷戀菸灰缸，但只有死的時候才能回到它的懷抱。還有屎和馬桶，只能短暫地相聚一會兒，屎就被沖走了，永遠分離。小鳥和大樹——小鳥答應了大樹在它生日時為它唱一支歌，到了大樹生日那一天，小鳥來了，但大樹已經不在——它被伐木工人伐走了。於是小鳥便一路追去，沿著公路追到了鎮上的鋸木場，大樹已經被切割賣給了工廠，小鳥又追到工廠，工廠已經把人樹做成了火柴，小鳥又追到商店，火柴又被人買走，小鳥最後終於在一戶人家的廚房找到了變成火柴的大樹，在它點燃的那一刻，為它唱了一支歌。」

武胖子一臉的純潔講了菸和菸灰缸、屎和馬桶，以及小鳥和大樹的故事，把策畫人聽得五迷三道，抓耳撓腮。

想起武胖子上學時雖不是個纖細少年，也是雄姿英發，後來連胖了幾年，終於一發不可收拾，按他的話說羞羞答答地胖沒什麼意思，要胖就得胖得理直氣壯。這個理直氣壯的胖子肚子裡裝的依然是風花雪月，做得出打車去遠郊為女孩買一根冰棍的壯舉。

武胖子講完小鳥和大樹的故事，又有一人講了個老鼠和貓的愛情故事，情節類似《羅密歐與茱麗葉》。

「這個，」策畫人說，「我們畢竟不是宮崎駿，還是說說人吧。」

武胖子說：「生活——有什麼可說？有洋蔥就有眼淚。要寫人，只有一件事可寫。什麼誤解呀，社會等級啊，世代情仇啊都沒什麼意思，對於愛情只有一樣東西是終極殺手，那就是——時間！你永遠無法反抗時間。其實人的所有焦慮都來源於一個概念——『來不及』。還來不及分辨自己的感情，你愛的人已經結婚生子做媽媽了，還來不及弄明白自己已經一把鬍子了，還來不及照顧兒子，他已經長大成人變成問題少年不理你了。人永遠都來不及。什麼是最傷感的？一對情人約定好了下一輩子再續前緣，可投胎轉世的時候卻差了一輩子，男的在世上孤獨一生做了個墳場守墓人，卻不知道自己等的人原來就在一塊墓碑下——在他出世時已經死了。時間！你可以反抗一切，但不能反抗時間。」

時間？

武胖子的胡言亂語竟說得我悲從中來。

——來不及了，什麼也來不及了！

「好，就這個吧。」我說，「我覺得挺好，就讓武胖子寫吧。」

「我可寫不了，我手頭的工作還沒做完呢，我就給你們出出主意。陶然寫吧。」

「我寫不了，這個我真的寫不了。」

他們以為我是客氣，我不是客氣，我的確寫不了。

124

最終我也沒有寫那個關於時間的愛情故事，但是我寫了這本小說。他們說女人的寫作沒有能力停止藉由她們與男性的關係來界定自己的處境。——我依然在重複著這種界定，無可奈何。

125

一個傍晚，徐晨打來電話。

「有時候我想，如果我找到了我夢想中的那個愛情會怎麼樣？雖然這種可能性已經越來越小，這需要足夠的敏感、勇氣和力量，而我的感官已經越來越遲鈍。先不管這個——就假設我找到了，會怎麼樣？——就會對人生生出無限的眷戀，就想永遠擁有，就會絕望，最後的結局就是死。」

他聲音裡的哀傷輕易地打動了我，那種無可奈何、感同身受的哀傷！如果他不是在電話線的那頭，我會把他抱在懷裡，安慰他，讓他哭泣，把我剩餘的生命和激情交給他，讓他隨意揉碎然後丟棄。這生命我不知道還能派什麼用場，如果對他有用，他可以拿去。

「我能為你做什麼？」我問。

「也有過別的女人這樣問過我，『我能為你做什麼？』什麼也不能。誰也幫不了我，我對自己也無能為力。」

「除非有一天夢幻消失，讓我發現自己蹲在現實的地上，什麼也沒有，沒有白日夢，沒有幻覺，和大家一樣地快樂、痛苦，和周圍事物相對應的痛苦、歡樂。不像現在，一點點痛苦，一點點歡樂就能引起巨大的痛苦和歡樂，引誘著我，折磨著我，鼓動著我，讓我如同我們見過的那個永動器，一下一下，永不停息地追逐眼前的幻覺。也許我會死在這上頭。」

這是徐晨十九歲時寫下的句子。

「好多年以前，你曾經說我把你當成玩具，這種說法讓我很憤怒。我把一切都交給你，讓你主宰我，你卻這麼說。為這個我恨過你。後來細想有些道理，我何嘗不是自己的玩具呢？身不由己，身不由己啊，總是這樣。」

「就是這麼回事。」徐晨恢復了他慣常的調笑調子，「躲開我是聰明的做法，你一直是個聰明女孩。」

「沒有聰明人，只有運氣好的人，不掉進這個陷阱，不等於不會掉進另一個陷阱。」

「也許吧。」

徐晨的電話嗞嗞咔咔地發出刺耳的雜音——他的手機響了。

「你的電話。」

「對呀，有個女孩給我打電話了！」他笑嘻嘻地說，「一個讀者，身材完美無缺。我又要出動了！」

「祝你好運。」

「也祝你好運。」

他在那一邊掛了電話。

其實我們能向生命祈求的只有好運，沒有公平，沒有意義，沒有解釋，沒有回應……

如果你有好運，恭喜你了。

二〇〇三年五月完稿
二〇〇七年十二月修訂

二〇〇八年版後記

那部演出過很多版本的話劇《戀愛的犀牛》，寫於一九九九年年初，我剛結婚不久，從義大利蜜月回來。這是個可能誤導觀眾的資訊，所以避免跟人提起。「新婚的人為什麼寫這麼一齣戲？」——這是常見的疑問。現在時過境遷，我說起這個，是想說我是個過分認真的人，總想給生命一個交代。這種愚蠢的努力簡直成了我的噩夢，當然，也是最終的救贖。

小說《悲觀主義的花朵》二〇〇三年完稿，在校對完最後清樣，下廠印刷的時候我懷了孕。二〇〇五年三月，《琥珀》在香港文化中心大劇院首演，演出結束後趕去半島酒店的酒會，在我忙著點頭道謝的時候，有人忽然問我：「孩子好嗎？」我當時嚇了一跳，那個夜晚我生活在《琥珀》的世界裡，的確忘了我有一個好看的孩子，忘了我是因為那個小小的傢伙改變了劇中的結局。

寫作，我時常希望它對我只是遊戲，但實際上它直接參與了我的生活，干涉著我的身體，甚至控制了我的內分泌。或者相反，那些文字，無論是書還是劇本，都是生命的分泌物，痛苦的，困惑的，好奇的，癡迷的，驕傲的……面對一個作者，無論是讀者觀眾，還是朋友，總會有個問題：「為什麼這麼寫？你是怎麼想出來的？」這是個永遠無法回答的問題，我很希望那一切是我「想」出來的，但是不是，那是整夜燃燒的蠟燭最後剩在托盤裡的那點兒蠟油，我將它們塑之成形。

我是個低產的編劇，更是個低產的作家，以前曾給報紙雜誌寫過專欄，後來作罷。那不是適合我的工作，我沒有那麼多的話要說，對一些當時看似熱鬧，其實卻毫無意義的事情發表看法也實在沒有必要。我討厭廢話，討厭枯燥、無趣、缺乏意義的言談，別人的和自己的都討厭，如果不是非說不可，我寧可閉嘴。

《戀愛的犀牛》、《琥珀》和《悲觀主義的花朵》，是我偏愛的作品。有個高產的朋友曾在他的書裡說過：「如果我的書能安慰你的生之噩夢，我很榮幸。」大家常常把他當成笑談，但我知道他是認真的，我沒有他那麼自信，但是就借用他的話吧。

還有個作者的俗套，就是感謝。我從未這樣做過，但我決定這一次不再免俗。感謝我的丈夫，迄今為止，我全部話劇作品的導演。作為一個曾經著名的憤青，他其實是寬的，厚的，是生命中好的那一面。我知道我不是沒有優秀品質，但這些品質對世俗的平靜生活並無幫助。容忍我對日常瑣事缺乏熱情，急躁脾氣和抑制不住的冷嘲熱諷，是源於他對生命更大更堅定的信心，這種信心是我所沒有的，它即使不能改變，至少安定了我的情緒。當然，他的經常的不經意的正確也會激起我的不安，但他對我凌晨時分間或發佈的奇談怪論和絕望言辭一直保持著溫和的態度，以朋友的善意將我的尖刻理解為聰明，以傾聽的無形之力暫時分散了要淹沒我的洪水。謝謝他。

計劃出版這兩本書的時候，我正在讀莎拉・肯恩的劇本集，她是英國當代最有影響力的劇作家，生於一九七一年，一九九九年在醫院的洗手間自縊身亡，寫過五齣戲和一個電影劇本，劇作驚世駭俗，不同凡響。我該感謝老天，為我適可而止的才能，以及，尚能忍受的痛苦，尤其是，還有慰藉，憐惜，凝神微笑的瞬間，可以表達和難以表達的愛意……謝謝。

二〇〇七年十一月
UHN窗前
冬日難得的耀眼陽光下

國家圖書館預行編目資料

悲觀主義的花朵／廖一梅著. --初版. --臺北市:寶瓶文化, 2012. 08
面； 公分. --（island；178）
ISBN 978-986-6249-94-5（平裝）

857.7 101013916

island 178

悲觀主義的花朵

作者／廖一梅

發行人／張寶琴
社長兼總編輯／朱亞君
主編／張純玲・簡伊玲
編輯／禹鐘月・賴逸娟
美術主編／林慧雯
校對／張純玲・陳佩伶・劉素芬
企劃副理／蘇靜玲
業務經理／盧金城
財務主任／歐素琪　業務助理／林裕翔
出版者／寶瓶文化事業有限公司
地址／台北市110信義區基隆路一段180號8樓
電話／(02) 27494988　傳真／(02) 27495072
郵政劃撥／19446403　寶瓶文化事業有限公司
印刷廠／世和印製企業有限公司
總經銷／大和書報圖書股份有限公司　電話／(02) 89902588
地址／台北縣五股工業區五工五路2號　傳真／(02) 22997900
E-mail／aquarius@udngroup.com

法律顧問／理律法律事務所陳長文律師、蔣大中律師
如有破損或裝訂錯誤，請寄回本公司更換
著作完成日期／二〇〇七年十二月
初版一刷日期／二〇一二年八月
初版三刷日期／二〇一二年八月三日
ISBN／978-986-6249-94-5
定價／二九〇元

《悲觀主義的花朵》一書經外圖（廈門）文化傳播有限公司代理，作者廖一梅授權寶瓶文化事業有限公司出版、發行中文繁體字版。

AQUARIUS 寶瓶 文化事業

愛書人卡

感謝您熱心的為我們填寫，
對您的意見，我們會認真的加以參考，
希望寶瓶文化推出的每一本書，都能得到您的肯定與永遠的支持。

系列：island 178　**書名：悲觀主義的花朵**

1. 姓名：________　性別：□男　□女
2. 生日：____年____月____日
3. 教育程度：□大學以上　□大學　□專科　□高中、高職　□高中職以下
4. 職業：________
5. 聯絡地址：________________
   聯絡電話：________　手機：________
6. E-mail信箱：________________
   □同意　□不同意　免費獲得寶瓶文化叢書訊息
7. 購買日期：____ 年 ____ 月 ____日
8. 您得知本書的管道：□報紙／雜誌　□電視／電台　□親友介紹　□逛書店　□網路　□傳單／海報　□廣告　□其他
9. 您在哪裡買到本書：□書店，店名________　□劃撥　□現場活動　□贈書　□網路購書，網站名稱：________　□其他________
10. 對本書的建議：（請填代號　1. 滿意　2. 尚可　3. 再改進，請提供意見）
    內容：________
    封面：________
    編排：________
    其他：________
    綜合意見：________________
11. 希望我們未來出版哪一類的書籍：________________

讓文字與書寫的聲音大鳴大放

寶瓶文化事業有限公司

（請沿此虛線剪下）

廣 告 回 函
北區郵政管理局登記
證北台字15345號
免貼郵票

寶瓶文化事業有限公司　收

110台北市信義區基隆路一段180號8樓

8F,180 KEELUNG RD.,SEC.1,

TAIPEI.(110)TAIWAN R.O.C.

（請沿虛線對折後寄回，謝謝）